« A JEU DÉCOUVERT »
Collection dirigée par André Coutin

Du même auteur
chez le même éditeur

VIVRE D'AIMER, 1989

ANNIE GIRARDOT

MA VIE CONTRE LA TIENNE

ROBERT LAFFONT

Couverture : Annie Girardot et sa mère,
photocollection de l'auteur.

ISBN 2-221-07129-8

Envol

Pas finie. Pas réalisée vraiment. Pour moi toute seule, oui. Je sais tout. Je sens tout. Je suis apte à tout, à tous, et pas à moi-même. Je dois réapprendre à vivre en adulte.

A la mort de maman, j'étais encore vierge, une jeune fille de cinquante-sept ans.

Il me faut maintenant taxer les impondérables exigeants, EDF-GDF. Tout, quoi. Les tracas, les bêtises faites, non par étourderie, mais en toute bonne foi.

C'est sûr que maman en a souffert. Je lui ai apporté, pensais-je, beaucoup de bonheur, mais surtout trop d'inquiétude. Me pardonnera-t-elle un jour ? Aujourd'hui, je pense que oui.

Comme sur la grand-route, je veux tourner, virevolter à mon désir, à ma soif du moment présent.

Je suis maintenant au bar de l'aéroport, les yeux fixés sur une très jolie bouteille de Tamarinda. Je pense tamarin, liqueur amère et si douce, qui fait digérer, avec une odeur qui ouvre les papilles, la lucidité.

Debout, à la porte de l'enregistrement, écrivant debout comme une andouille, alors que je pourrais facilement le faire assise, plus tard. Mais si je laisse passer ce fil conducteur qui me permettra d'accoucher sans douleur, sauf les cors aux pieds, je préfère continuer.

La vie, les sensations ne sont que d'infimes papillons, qu'effluves. Pourquoi ce moment ? Parce qu'il est là, bien présent et exigeant. Je ne peux m'exprimer à froid.

A froid et tout rentre. Je veux exploser, expectorer.

C'est vrai à un certain degré d'éloignement. Je suis à l'écoute, mes forces reviennent. Au fond, je suis une privilégiée, ayant la possibilité d'accéder, de par mon métier, à des voyages qui m'occultent, me forcent à dériver au-delà de l'impossible.

Ah ! l'avion venant de Paris est arrivé.

Besoin d'urgence pour m'émouvoir, pour être extralucide.

Le chemin, devant moi, qui me reste à parcourir s'amenuise. Aurai-je encore le temps de transcender, d'extrapoler, de fermer la boucle. Mon bouchon, mon œuf originel ?

Cette confession sera le récit d'une déconfiture. Un journal de sabord, intime, mondial, universel.

Je jetterai mes cris, mes colères, ma vulgarité, nécessaire à certains moments, pardon, mais aussi mon outrecuidance, mon mal élevé, ma rigolade et mon émotion, quelle qu'elle soit, au cours de voyages, naturellement. Car j'ai l'impossibilité d'écrire dans une position normale. L'imagination me vient en courant, en avion, en train, quelque chose qui me sort du traintrain idiot et stérile.

Oui, pucelle, mais abrutie par les temps qui courent. Pour moi, la vie c'est toujours maintenant, la prochaine escale demain, et ainsi de suite

J'ai grandi dans la ouatine, le sent bon, la fuite évaporée, translucide et bienfaitrice, et l'eau claire.

Embarquement immédiat pour Paris. Merde, je ne trouve plus la porte. J'ai bien failli rester en plan avec mon porte-plume et finir là, comme ce journal. Sur une patte comme une aigrette.

Le satellite est à l'image et au diapason de mon imagination, et mon ressort est ma création. L'inertie est ma fin. Aller plus loin dans mes fibres, goûter l'interdit, le non-dédouané, l'impossible, car je ne sais pas compter, ni les jours, ni les saisons, ni les additionner, pas plus que le temps qui passe, l'attente, mon âge, ni mes dents, si elles sont trente-sept ou trois, ni si deux et deux font quatre, cqfd, ce qu'il fallait démontrer.

Un tiens vaut mieux que deux tu l'auras. Tiens, voilà du boudin. La chaleur m'étouffe, le froid me grelotte.

Suivre la ligne droite, mais que de buissons épineux, de fourre-tout imbéciles, de fourrés enfoi-rés. Ecrire, mais comment ? En salopette, à la va-comme-je-te-pousse.

Vas-y ma cocotte.

La fin d'un certain bonheur.

Disons que de temps en temps nous prendrons la décision d'en faire un feuilleton au jour le jour, avec des « A suivre » jusqu'à plus soif, ayant l'esprit et surtout l'écriture d'escalier, ou de tobog-gan, et une porte de mémoire qui se bloque (assez souvent), ou l'étourderie latente — que sais-je ? Ça me facilitera bien les choses pour tout caser, sans trop casser. Comme cela, si ce que j'écris vous embête, pas de problème, vous prendrez la suite au prochain numéro, et pourquoi pas la sortie dans la foulée ou la correspondance à la prochaine station. Ce ne sera qu'un au revoir, ou un beau jour peut-être.

24 octobre 1988.

« *Un cinéaste soviétique, Valerio Akhadov, souhaite tourner un film en décembre 88 sur Vera Arevtchenko (française, épouse d'un diplomate soviétique, fusillé dans les années 30, elle-même déportée et qui par la suite a fait une brillante carrière de pianiste à la Philharmonie de Novossibirsk) : ce film en 35 mm est destiné à la 1re chaîne de la TV soviétique.*
M. Akhadov souhaite demander à une actrice française de tenir le rôle de l'héroïne. Il songe à Annie Girardot... »

J'ai reçu copie de ce télex envoyé par l'ambassade de France à Moscou, au « Bureau de la télévision » du ministère des Affaires étrangères.

30 novembre 1988.

En lisant le scénario du film soviétique, j'apprends que la pianiste une fois libérée du goulag refuse d'être rapatriée en France. Elle préfère donner des concerts dans les petites villes et les villages de Sibérie.

Elle cite l'histoire de Ruth racontée dans l'Ancien Testament : « La femme ne naît qu'une fois et elle se marie une seule fois. Si son mari est d'un autre pays, elle reste dans ce pays pour toute sa vie. »

Superbe abnégation.

Ce nom biblique de Ruth sera le titre du film.

Fin janvier 1989.

Télégramme de Moscou : « On vous attend. »

Paris, 7 février 1989.

Et voilà le voyage qui commence.

Visa et billet pris à l'arraché à Roissy et toujours pas de contrat. Juste le télégramme de Moscou : « On vous attend. »

Quelle joie ! C'est comme une déclaration d'amour. Et puis j'avais envie de revenir. J'étais venue en 1967 — moins 27 degrés — pour remplacer Simone Signoret qui me l'avait demandé dans un film de Guerassimov. La troupe était partie autour du monde, mazette, plus de sous dans l'escarcelle, tout le monde à la maison et ce qui devait se tourner à Paris reconstitué au Bilboquet, on l'a construit au studio Gorki.

C'était Brejnev à l'époque. C'était pas drôle.

Je me souviens du tournage, mon émotion, il fallait parler, je ne sais plus de quoi, comme une conversation, banale, et à un certain moment je devais chanter *A la claire fontaine* pour bien faire comprendre que l'on était à Paris. Je me souviens du froid. On m'a donné à boire non pas de la vodka, mais du calvados-cognac, en me disant que c'était la seule chose à faire.

Première prise. *A la claire fontaine. Gentille alouette.* Changement de lumière, le metteur en scène venait me susurrer son impression, puis l'opérateur ; tout devenait feutré avec ce parler slave : *drastiti, brastiti, drastiti* comme une mélopée.

Deuxième prise. Re *Gentille alouette*, parler un peu chinois, je n'ai pas bien compris ce qu'ils voulaient vraiment. Pause. Re *drastiti drastiti,* je ne sais plus ce qui s'est passé. La chaleur soudaine, cette musique parlante, *drastiti, drasti...* comme une mélopée, un chant grégorien, il ne m'en fallait pas plus : à la trentième pause, je suis tombée le nez sur la table.

Je rigole, mais plus tard, à la présentation du film, j'ai dîné un soir avec la troupe et il y avait là une dame qui m'a dit :

— Je suis la femme de l'opérateur, vous vous souvenez de moi ?

— Bien sûr, ai-je dit.

— Eh bien, voulez-vous que je vous dise...

Moi, honteuse : « Merde, elle m'a vue dormir. »

— ... vous nous avez donné une belle leçon.

Nous, on répète trop, on se fatigue et au moment de tourner il n'y a plus de surprise. Et pile, j'ai compris, en vous voyant dormir, que vous preniez des forces pour apparaître en pleine forme au moment de tourner.

J'ai eu beau lui dire que ce n'était pas cela, que l'émotion, la peur, le froid, le chant grégorien avaient eu raison de ma résistance, peine perdue. Après tout, ça la regarde, et si ça lui fait plaisir...

C'est drôle, depuis, je suis allée au studio pour des essais et je me suis vue partout sur les murs. J'étais belle, bordel, sacré nom de nom !

7 février, aéroport de Moscou.

Les voilà, me voilà, les bras chargés de fleurs, leurs yeux étonnés de me voir réelle et bien là, physiquement. Car pour eux c'était un pari, jeté comme un dé sur le tapis avec l'angoisse de se réveiller le lendemain, et de voir que ce n'était qu'un rêve.

C'est émouvant.

Tant d'amour, d'innocence, de pureté, d'espoir que je leur donne tout simplement. Je leur ai dit : « Il n'y a que moi pour être ici ce soir. »

Ils m'ont répondu qu'il n'y avait qu'eux à être assez fous pour m'avoir demandé de venir.

Que répondre à cela, rien, seulement le regard rivé vers leurs cœurs, la jonction, le ah ! te voilà toi, il y a si longtemps, quelle bonne farce, on va pouvoir commencer, avancer. Quelles noces multicolores. Oui, c'est cela être à l'heure, au diapason.

Prêt à l'engrenage, la continuité, la matière et la fusion.

Quelle déclaration d'amour ! Quel mariage !

Arrivée à Moscou, 7 février 1989.

Oh, mon Paris ! Je te quitte pour t'aimer davantage loin de toi. Je languis ; dehors la neige, un climat qui n'est pas le nôtre, ou un autre climat. Tu es là ce soir pour moi toute seule, personne ne le sait, ne le voit, tu me parviens mieux qu'assise à une terrasse de café, au coin d'une rue.

Je suis loin de toi. Reviens. Jamais plus je ne partirai, c'est trop dur. Ta douceur me parvient en écoutant Debussy, interprété par une pianiste soviétique, quelque peu chevaline.

Comme tu es belle ma ville, ma vie. Je te couvrirai de toutes mes pensées, je te lécherai avec mes yeux, je te survolerai dans mon cœur. Tu glisses comme cette valse lente de Debussy.

Le Kremlin, ses tsars, ses Tziganes, ses monastères enfouis dans l'immensité, si loin de ton sillage, de ton élégance, de ta tendresse animale et feutrée, pleine de frimas, de soupirs, de sanglots.

Où êtes-vous tendres laitues, lilas mauves et blancs, discrètes mousselines de soie ? Où es-tu délicat zéphyr du printemps montmartrois ? Où êtes-vous quais de Paris, guinguettes au bord de la Marne, pêcheurs patients et têtus mais bien contents, la Garonne, le Rhône, la Loire et ses beaux châteaux, ma tantirelirelo.

Sommes-nous privilégiés ? Le Tage, un estuaire, Río del Plata, une mer immense, pleine de tous les enfants de ces mères argentines. La Tamise froide, lointaine, impersonnelle. Le Tibre desséché, rocailleux, la Moskova inabordable, pleine de grues, trop loin, trop froid, trop noir.

Où suis-je ? Les cosaques ont envahi Paris. La Seine coule à Moscou. Le Mongol chevauche la tour Eiffel. La Garde républicaine galope au loin dans la steppe. Ivan le Terrible et Pierre Ier (bavardent) taillent une bavette avec Jean-Paul Sartre à la terrasse du Flore. Les icônes sont à l'étalage derrière les vitrines des Galeries Lafayette, dernier cri de tout Paris. On annonce l'arrivée de l'Oural en fin d'après-midi. La Géorgie vient d'atterrir à Orly-Roissy. Les moujiks ont débarqué sans coup férir à la gare de l'Est.

Moscou, 10 février 1989.

Le voyage est terminé, mais non pas sa continuation. Je peux maintenant défaire mes valises, mettre les vêtements sur les cintres, j'ai tout mon temps. Sortir l'argenterie que je n'ai plus tellement, les habits du dimanche, le goûter, la récréation, la re-création.

Je suis à l'heure, plus en retard ou en avance. Voilà, c'est maintenant pour l'éternité. Descendre les bagages, remercier le chauffeur, essuyer mes pieds sur le paillasson.

Je suis arrivée à destination à pas, ou plus d'heure, lieu. Tant de voyages, d'aller et retour, de marches arrière. Soubresaut, tout cela pourquoi ? Peut-être pour passer en courant moins vite, par la Sibérie, une rencontre, un lieu, une oasis. Etape. En sortant de la projection, j'ai poussé le portillon et j'ai failli tomber. Un homme l'ouvrait au même moment.

Pourquoi ai-je attendu ce télégramme, pourquoi des gens de si loin m'ont-ils appelée ?

Moscou, 10 février 1989.

Mes hôtes, mes amis, les passants... Leur chaleur, leurs yeux affamés, quelle beauté !

Ils n'ont rien, ne possèdent rien et ils donnent tout.

Cette pianiste française, vouée au souvenir de son mari, le personnage qui doit revivre en moi, porte le martyre du peuple russe. L'après-Lénine, l'arrivée au pouvoir de Staline. Après sa captivité, elle refuse de refaire sa vie en France et donne des concerts dans les petites villes du pays glacé de l'exil et de la déportation.

Staline — fléau — qui a été le plus cruel infâme, les gens dans la rue arrêtés sans aucune raison, une mère hurlant dans la rue en voyant son fils emporté, est allée elle aussi en Sibérie, toute une nation mise à mort, le Kremlin avait tout pouvoir à manger, à vivre, à exterminer.

Ils me remercient de leur donner tant de bonheur.

Mais ce sont eux qui m'en ont donné, les bougres, ne serait-ce que la joie, l'attente pour obtenir la communication avec maman. « Tu vas bien ma lolotte ? Je m'ennuie, reviens. »

A 200 km de Moscou, 20 février 1989.

La neige tombe, le rideau brodé entrouvert laisse deviner les petits sapins. Me voilà avec le plaisir et l'impatience du bon repas, de la fête, à l'autre bout du globe. L'humour, la gentillesse sont toujours là. Il ressort de tout cela le bon vivre éternel où que tu sois, la soif d'être bien, mieux.

On habite dans la même rue. Sous le porche ou la porte cochère, Ivan le Terrible m'attend, embusqué, me jetant l'œil assassin.

22 février 1989, Moscou.

Eurêka ! J'ai trouvé la sortie ou l'entrée. C'est la même chose. Disons que je sais où, comment et pourquoi je me trouve. C'est simple, non, au moins pour moi. J'étais en attente de... pour... enfin. Le cap est levé. La voile se gonfle. Je viens d'appareiller. J'appareille. Voguons sur les flots bleus.

24 février 1989.

Trois semaines de tournage en Russie. Je dois revenir à Paris pour commencer *Orage d'été* à la télévision.

A partir de ce jour, je n'ai plus la permission de revenir à Moscou pour suivre l'équipe du film.

Mars 1989.

Le bon hasard qui ne vient que pour les imbéciles heureux dont je fais partie a fait que, grâce à une grève des comédiens de la télé, et plus tard, le jour de Pâques, à Paris, j'ai pu revenir à Moscou. Ces échappées ont coïncidé avec les élections en URSS. Je me souviens de l'hôtel devant la gare de Kiev, la troupe a voté, puis nous sommes allés au restaurant-club des réalisateurs. Encore enchifrenée par mon départ précipité, l'avion, où tu es incertaine, et puis l'inconnu, mais surtout l'envie de là-bas, ailleurs. Une table immense, tout le restaurant debout, le champagne à flots, les toasts à la vodka toutes les cinq minutes pour leur plaisir, leur béatitude. Connaître l'auteur Eugénine, l'opérateur Igor, un grand balèze, mes interprètes, Hélène et Valentine, l'administrateur qui adorait les olives noires et des produits de beauté.

Colifichets.

Quelle belle arrivée, quelle drôle d'émotion [1] !

En catimini tourner quelques raccords en Sibérie, mais à Moscou, dans un terrain qui avait appartenu à un sculpteur. Je me souviens avoir vu sur le sol le visage de Staline à la statue déboulonnée et j'ai posé pour une photo avec mes pieds sur sa gueule.

Et c'est à cette occasion que Boris Eltsine a pointé son nez. Un autre danger montait à l'horizon.

Vous savez que le seul théâtre tzigane au monde est à Moscou, il se trouvait dans l'hôtel où je suis descendue la première fois. Avant d'entrer dans la salle, le thé, des pommes et des gâteaux. Puis le spectacle et la joie de toute la salle, m'applaudissant en me voyant parmi eux.

Les Tziganes viennent des Indes, ils ont suivi le soleil, ont parcouru la Chine, l'Europe centrale, la Turquie, l'Egypte, tout le Bassin méditerranéen,

---

1. Le 6 février 1990, j'y suis retournée pour la présentation du film, avec Giulia et l'amie comédienne qui maintenant a tout quitté pour faire du théâtre, du cinéma avec le réalisateur Valerio, et, voyant ce même accueil, s'est trouvée mal d'émotion — car il est difficile d'expliquer l'inattendu de ces personnes.

l'Espagne, puis sont revenus ensuite, en semant sur leur chemin des frères, leur cœur, leur nostalgie, leur musique déchirante un peu partout.

Ces forains, ces Gitans, l'unique théâtre-troupe tzigane dans le monde est à Moscou.

22 avril 1989.

Abasourdie. Au secours petit cahier d'écolier. Viens vite. Ma plume d'oie dégouline. Un demi, s'il vous plaît, et peut-être un autre. Maman, au calme, dans une clinique qu'elle mérite, car impossibilité pour moi de l'aider. Ça va si vite, Mitterrand. Frédéric m'a invitée à son émission pour la sortie de mon premier livre, *Vivre d'aimer*. Une journée dingue où tu penses être arrivée quelque part, sur un rocher. Quelque chose de solide, un tourbillon dans ma tête, un repos, une attente. Oui, enfin une attente désirée, une attente que l'on attend, le souffle coupé, mon cœur qui déborde, encore, encore, n'arrêtez pas. Le sentiment d'être comprise, décryptée, je peux dorénavant balbutier b.a.-ba ; ça va, on s'est compris. Une arrivée inopinée, précise, à l'heure, mais alors, peut-être n'avais-je pas compris. J'ai des éclaboussures inattendues sur mon cœur. Ben oui, c'était là, j'ouvre toutes grandes les esgourdes. Ça y est, on peut descendre, je suis arrivée à destination à la station, dans ce bistrot anonyme[1], pratique car j'y pose mes paquets (courses, achats, surprises pour le dîner, pour les folies), et je taille la bavette sur le comptoir.

Aujourd'hui, suis exténuée, émerveillée. Inattendue l'étape qui mène peut-être au col de l'Iseran, de l'Everest. La joie, le « oh ben dis donc, celle-là elle est raide », comme l'escalier que je n'ai pas arrêté de gravir. Fatigue, brouillard, bulles de fumée, un autre demi, s'il vous plaît, puis un sandwich, car je m'étiole de joie, et je ne peux plus me tenir debout. Please, envoyez l'addition, les violons, les flonflons, l'émotion que l'on goûte sur l'herbe, dans la cuisine.

J'en ai reçu plein la gueule de joie, de cris, d'amour que j'en suis pantelante et brisée. Et c'est tout.

Maman est partie. Va-t-elle jamais revenir ?

---

1. Le décor du plateau de *Chez Fred*.

Paris, 27 avril 1989.

Première clinique à Sevran, au bord du canal de l'Ourcq, devant sa fenêtre, un paysage de Renoir, il fait très chaud, des pêcheurs aux petits chapeaux blancs, une piste cyclable. Du rouge, du vert, du jaune, un bien-être furtif, des fleurs — un peu *Un dimanche à la campagne.*

Maman, elle hurle qu'elle est en Russie, qu'elle a des gardes-chiourmes soviétiques — à côté de la clinique je vois une maison de retraite, de repos, d'arrêt définitif, inexorable.

Pauvres vieux, qu'ont-ils fait de si misérable pour les jeter là, comme des fossiles desséchés ? Personne pour leur donner un regard, une caresse, la chaleur. Fossilisés, muets, hagards, s'agitant quelquefois, se parlant à eux-mêmes ou à qui sait, telles des marionnettes, des lézards sous chapeau de paille, ne tressaillant plus au bruit de la porte, de la grille du parc rouillée, et qui laisse apparaître quelquefois un parent, une secrétaire, ou déjà un huissier-bourreau à la petite semaine, exécuteur des finitions bien faites.

30 avril 1989.

Maman est transférée à la Salpêtrière, elle a besoin de soins qu'on ne peut lui prodiguer à Sevran.

Refus de sa mort... éventuelle, certaine, imminente.

Le vide devant moi.

A partir de tout de suite, je suis devant, en regardant tout en bas. Je pourrais plonger jusqu'au fond. Non, je garde le vertige du vide. Le pouvoir de me balancer d'avant en arrière, de long en large, au-dessus du gouffre. Possibilité aussi peut-être de m'envoler, d'aller plus haut, de regarder le plongeon inévitable un jour... L'œillade, le crachat, pied de nez, entourloupette. Mon temps, tout mon temps, le temps de prendre ma respiration définitive. Il fait chaud comme le temps, je suis suspendue, à croche-pied, accroche-cœur, trapéziste, unijambiste pendue à un fil. Points de suspension, croche noire, bémol (fa dièse ad vitam aeternam, les pieds au mur), la chandelle. Arrêt image.

15 mai 1989.

Maman tellement vaccinée par mes apparentes incohérences qui en fait ne l'étaient pas, qu'à la clinique elle a invectivé le personnel en le traitant de Soviétique. Voilà le mal que l'on peut faire dans l'ignorance, ce que l'on a fait volontairement à ce peuple russe injustement ignoré. A l'hôtel Mayflower quand ils sont arrivés à Paris, mes camarades, on leur a refusé l'entrée.

Faute de producteur, j'ai dû m'occuper de leur séjour à Paris, ils venaient tourner une séquence de notre film. J'ai engueulé la réception, j'avais honte de mon pays à ce moment précis.

18 mai 1989.

Puis Levallois, hôpital du Bon-Secours, ton regard indifférent, déjà si loin, si loin, ma solitude soudaine et définitive.

Au secours, maman, donne-moi ta main, ton regard.

Mercredi 20 mai 1989.

Tournage.

Je passe à Levallois. Trafic. Impossible de passer dans un embouteillage.

Maman, c'est moi !

Elle semble un peu mieux, elle a mangé un peu.

Tournage.

Bien sûr, en retard, forcément, je me fais engueuler, bien sûr. J'ai beau dire que... Ce n'est pas leur problème.

21 mai 1989.

Tournage.

Travail jusqu'à deux heures du matin à Maule.

Je rentre avec Patachou, l'accompagne chez elle à Neuilly, à deux pas de maman, de l'hôpital du Bon-Secours à Levallois.

Envie de monter dans sa chambre.

Mais j'ai une peur abominable. Et puis il est très tard.

Arriver la nuit, seule, sans mon frère Jeannot pour me rassurer... Oser entrer. Le courage m'a manqué.

Lâcheté. Je ne peux supporter de voir la mort. C'est ma maman à moi. Maman est-elle encore là ?

Je pars demain à l'île Maurice. J'ai la permission de la production pour le mariage de Giulia avec un beau pilote d'Air France.

Angoisse de partir, espoir. Qui sait ? Maman va nous revenir sûrement.

Jeudi 25 mai 1989, fin de matinée.

Avant de partir pour l'aéroport, je suis entrée dans ta chambre, tu hurlais, je t'ai prise à bras-nos-corps-unis.

Je t'ai embrassée, respirée maman, ne me laisse pas, attends-moi, je reviens, je ne veux pas partir, je veux me fouiller dans toi, retrouver mon antre dans tes entrailles.

Un pied dans la tombe, un doigt accrochant la jarretière de la mariée, dans le bel avion, plein de champagne, en route vers l'océan Indien.

Deux sillages, un blanc, un noir. Où suis-je ? Je ne sais plus si je suis devant, à la prochaine gare, le Kilimandjaro, le Père-Lachaise.

Est-ce qu'au moment de mourir, j'aurai encore ces deux lignes parallèles ? Oui, la vie et la mort qu'il faudra conjuguer. Non, il n'y aura plus qu'une issue. Fini le bifuselage, les rails. Une seule, implacable. Plus de choix, de désir, patience ; on verra plus tard. Mais c'est tout de suite.

Où es-tu, maman ? Après des milliards de croisements, je t'ai perdue dans l'embouteillage.

Ah si, Giulia, le jupon de Lola. Oh, je ne les vois plus. Si, mais plus loin. Océans, montagnes, arbres. Pourquoi restez-vous toujours à la même place ? Comment avez-vous fait ? Gardez-moi sous les feuilles, dans vos coquillages. Sirène irréelle. Je ne ferai pas de bruit. Mon frère Jeannot sera finalement le plus touché, désarticulé, mais je serai là comme il est là en ce moment, me protégeant contre l'insupportable. Si l'on pouvait mourir vivant.

Encore dualité. La vie ou la mort. Jumelées. Laissez-moi goûter vraiment une chose à la fois. On n'est pas aux pièces. Le temps tout de même. Merde d'abord, l'une après l'autre. Mais pas ensemble.

J'ai l'impression d'être infidèle quelque part.

Je viens de quitter une horrible réalité. Je descendrai tout à l'heure vers l'autre versant de la lune, sur la mer, lisse, pleine de miel, de senteurs, d'audace. Ici, à mon hublot, je me sens inutile et prisonnière. Pas de tic-tac dans la carlingue tamisée, moderne, impénétrable. Le télégramme ne passera pas, obligation pour moi d'espérer, d'extrapoler, de m'accrocher à une heure qui n'existe plus. Heure. Laquelle ? L'heure zoulou. TU. Temps universel. GMT. UTC. *Universal time compensated.* Tu sais, l'heure d'arrivée, entre-temps, tu ne sais plus rien, même pas si tu arrives. Heure de là-bas, d'où je viens ? Celle de ce moment présent, hors de tous compas ? Celle de l'arrivée ?

Quelle heure est-il ? Un besoin impérieux de m'accrocher à la seule réalité qui me reste. Quel est le temps passé ? Ou à venir ? Les étoiles sont là, le firmament. Dieu merci, je suis quand même sur le chemin, mais enfermée. J'ai envie d'exploser dans l'espace, courir de toute urgence, et dire à l'univers : Où suis-je ? Où va-t-on ? Quelle est l'étoile qui me portera par gentillesse extrême, au but de ma pensée. Maman. Maman. Hôpital, Maman, étoile, déjà peut-être, et je ne suis pas là, je suis hors compas, hors de portée et ma pensée est dérisoire, vaine.

La réponse arrivera dans un salon d'ambassade sous les tropiques. Giulia. Voulez-vous prendre pour époux ? Oui. Qui se transformera plus tard en cabine téléphonique. Allô ! Allô ! J'attends. Oui, hier soir à 23 heures.

Mon cordon a fait crac, crac des deux côtés. Mon cordon n'existe plus. Comme l'astronaute dans *2001*. Je suis dans le vide. C'est fini. Où suis-je ? Devant, à côté, au soleil levant, dans les brumes irlandaises.

Cette double opération ventrale à cœur ouvert, sans anesthésie ne se refermera plus jamais, plaie béante pour l'éternité mais sûrement bienfaisante, racolante d'humus, de fruits rouges, et en garder la rareté, l'enseignement, la sagesse.

Ces deux pôles — négatif, positif — donnent peut-être la force herculéenne qu'il faut avoir impérativement, de toute façon.

Oui, tu t'es envolée sans heure sur le compas, ou à l'heure, mais laquelle ?

C'est sûr, pas à la même heure que moi.

A quoi ça sert, l'heure ?

Elle est toujours en retard, ou en avance, ou elle ne sonne plus, le clocher de l'église n'était pas là pour me le dire.

Quelle heure est-il dans ton ventre ? tes poumons ? dans ta vie ?

Ta solitude, ton chagrin déchiqueté.

Alors, les... vous êtes en retard, il faut être à l'heure... allez au diable. Plus de pendule, de carillon, mon cœur bat encore, et toujours, pour l'instant, jusqu'au jour où, à ma guise, j'arrêterai le tic-tac et mon clapet par la même occasion.

27 mai 1989, retour à Paris.

Tu es partie toute seule en silence, moi dans l'avion, Jeannot parti une heure chez lui donner à manger au chat.

Tu t'es sauvée.

Comme les animaux qui se cachent pour mourir.

Ou les Esquimaux qui décident un jour qu'il se fait tard et partent sur la banquise mourir de froid, ou dévorés par les loups.

C'est vrai, la mort nous appartient, c'est notre responsabilité, notre dignité. Glisser dans l'éternité, sans laisser de traces, sauf celles du cœur, et n'en garder que le parfum.

31 mai 1989.

Départ de l'hôpital du Bon-Secours pour l'église Saint-Germain-de-Charonne. Ensuite le cimetière du Père-Lachaise. Il fait très chaud, peu de circulation.

A un feu rouge, deux jeunes femmes, dont une avec un enfant dans les bras, sursautent.

— Fais gaffe, dit l'une, on fait du cinéma.

— Quoi ? dit l'autre. Du cinéma ?

— Oui, là, fait la première tendant le doigt.

— Où ?

— Là, dans le fourgon, il y a Annie Girardot.

Juin 1989.

La vraie blessure, elle est exactement là.

Pourquoi n'ai-je pas affronté ma peur ? Je le sentais, je devais la voir, loin de la déranger, qui sait, peut-être m'aurait-elle regardée, peut-être m'attendait-elle, peut-être j'aurais pu l'aider, peut-être aurais-je vu ?

Je suis folle, un pâle sourire, ses yeux si doux. On se serait dit adieu. La rigolade en coin, les yeux dans les yeux on se serait tout dit. Je ne peux oublier ma défaillance.

Elle avait sûrement folie de me voir, elle m'attendait peut-être.

Douleur qui me poursuit, que je ne peux oublier.

J'ai tout gâché.

Même son départ.

C'est horrible de mourir, tu rencontres quelqu'un, tu dis à demain, à tout de suite, on s'appelle...

Elle est partie sans dire au revoir.

C'est mal élevé.

C'est pas juste.

J'ai mal.

Juillet 1989.

Tu me manques. Où es-tu, maman ? Je ne sais plus rien, où aller... Tu m'as donné une liberté dont je n'ai que faire. Il fait si bon ce matin, les matins comme tu les aimais, je crois. J'ai planté des dahlias qui fleurissent de toutes parts. Les géraniums sont à ta fenêtre, ne se doutant pas que tu es partie. Pourquoi ? Tu avais encore un peu de temps, tu m'as prise de court.

Plus de coups de téléphone à donner, plus de permissions à demander. Libre, perdue, où vais-je, qui me donnera de nouveau le goût du sel ? L'agressivité, l'envie de t'épater, de te faire du bien. Fais-moi signe. Dis-moi que tu n'es pas fâchée, contrariée.

Je suis en train de mourir d'indifférence, de laisser-aller, envahie de à quoi bon..., terme que j'abhorre. Mais oui, à quoi tout évidemment, sûrement. Mais je n'ai plus envie. « Oh ! non, sortir, tu n'y penses pas. Je n'ai rien à me mettre. » Rien, comme je comprends ton humiliation, dénudée, perforée, sans pudeur, sur ces lits d'hôpital. Ton envie de coiffeur, de joli corsage, du printemps.

M'enrober de toi, te retenir dans ma mémoire, par ton odeur, ton rire qui tinte encore si doux. Si caressant.

Oh ! regarde, maman, les fraises et la menthe, et le citron. Tu aimes, hein ? Madame, donnez-moi deux barquettes de... pour... Non, je les prendrai demain peut-être... Au revoir, madame, au revoir.

Fin novembre 1989.

Aéroport de Genève-Cointrin en provenance de Vienne, au cours de la tournée *Le Roi se meurt.*

Je suis suspendue, la fulgurance extrapole, je culbute la dame de l'aéroport. Du bien, du poli, de l'humain, un sourire et j'explose. Je trouve la route, besoin de merde, d'impolitesse pour trouver au-delà l'évidence, le chagrin, le pardon, pardon S.V.P., pardon. Je ne sais plus où est la sortie, l'entrée, le corridor, le ciel bleu, l'attente, le reposoir où poser les yeux, où attendre, se recueillir. Espérance. Où aller ? Devant, derrière la douane, morale, effective. Le chemin lumineux, une halte sereine, l'escalier en colimaçon qui mène au grenier, ma cheminée, le petit oiseau qui gratouille la lucarne et déplace l'ardoise. Le gazouillis, la descente de lit après la montée, l'irrationnel. Quelle heure est-il ? Maudite soit l'heure. Ce n'est pas le même décor. Chat patelant, ronronnant, l'œil bleu, une caresse, une envie de savoir, après, tout de suite, derrière le comptoir, où ? Où ? Où ? Sur ta tombe, dans ma tête, toi dans ma tête, dans mes poumons ? L'important, c'est toi. Où es-tu ? Cachée derrière ce nuage, la porte du couloir dans mes intestins, mon regard sur la piste d'envol. Sous la neige, derrière le parasol. Tapie en tapinois. Ça y est, j'atterris, j'arrive doucement, tout mon temps, mon autorisation. Le passeport — oh ! toi, Russie, jardin de rhododendrons, café crème, troutroulaïtou.

C'est fini. Où suis-je ? Que s'est-il passé ? J'ai soif. Je reprends ma respiration. Calme, calme. Ah, il fait beau. Rêve, illusion, espoir ? Un peu de tout cela. Je suis essoufflée mais bien, accomplie. La poule a pondu son œuf. Cot cot codec. Cocorico, répond l'abruti. Maintenant, dormir, réveil. Plus tard. Plus de responsabilité, la récréation, urgente. Le reste, plus tard, plus tard.

« Le roi se meurt ». Décembre 1989.

Tonnes de carburant. Frénésie. Fièvre, plus loin, à la minute près, en rythme. Oui, c'est cela. Oui, toujours, encore, ne me quittez pas. Violons, cymbales, grelots et mandolines. Rythme saccadé encore, plus chaud, qu'on oublie là-bas, qu'on élucide tout, qu'on trouve la solution, peut-être pour éloigner le chagrin ou en faire son complice, swing, claquettes, basses. L'émotion est là. Ne la perdons pas. Plus loin encore, peut-être retrouverai-je maman. Maman, écoute, ça valse, ça ondule. Oui, oui, reste avec moi, encore, encore... Tu es partie.

Tout est urgent, mort présente, revenu, attardé vivant, oui, tout est possible. La guerre est finie, on va sauter la barrière, laquelle ? Encore un moment elle s'éloigne, te laisse pantelant sans souffle, sans rien, le vide bête à la prochaine électricité.

Au fil de la musique du temps, du cours de la rivière immuable. On verra ça demain. Le roulement à billes est grippé, fatigué. De loin, qui sait, une sérénade, un voyage imminent.

6 février 1990.

Russia, tu me tires par le cotillon, par la barbichette. Oui, je me languis de toi, te retrouverai-je ? Il y a cinq minutes maman est partie. Emmène-moi avec toi, tes yeux, ton regard, ton souffle me manquent. J'arrive. Toi seule peux me faire oublier ma grande blessure qui saigne pour bien longtemps encore. Emmène-moi sur la Volga, sur les cimes de l'Oural.

Juin 1990.

Studio d'Epinay. Tournage de *Merci la vie.* On ne passe plus par l'église. Détour. Une avalanche de Gabin, Ventura, Noiret, Pascal Jardin, *Maigret tend un piège,* Audiard. Mon petit gros ventre de Giulia, l'insolence de mes débuts, la sauvagerie de mon sexe, de ma féminité non épurée, écrue, mes premiers pas, mes autres pas. L'ascension vers l'inconnu, le bar, plein d'affiches. L'impression d'être partie trois minutes pour faire pipi. L'habilleuse Yvette au coin du décor. Te voilà revenue. Les week-ends à Honfleur en Dauphine après le tournage du samedi soir. Paris au mois d'août, désert, rien que nous, que moi, dans cette carrière inattendue, mais ô combien désirée, mes flirts, mes erreurs, et puis et puis Gabin, sa douceur, sa connivence. Audiard, sacré farceur, et tellement de pellicules, de films.

Bar, tu n'as pas changé, agrandi tout de même avec une petite terrasse, sur câbles, rails mécaniques, voitures entrant, sortant. Le carrefour en somme, le sommet, l'écoute, le regard, la surveillance, l'espionnite sur le film adversaire.

La cour nous fait voyager. Ville grouillante de La Rochelle, béton armé, rue grouillante de Chinatown, passage de marlous, gangsters à la mie de pain, mes copains, mes amis, vous que je n'ai jamais oubliés, les sans-gîte, que celui du cœur, les tu crois ?, c'est vrai, hourra. C'est vrai, ça y est, j'existe au-delà de moi-même, sur la belle toile de fond, la toile immaculée, l'écran, le soleil, sans brûlures, la tiédeur du studio, du nid, du laboratoire, de la cachette magique, au tréfonds de mon cœur, Maman.

Studio d'Epinay, juillet 1990.

Annie, on t'attend sur le plateau. Mais qui sont ces malappris ? De quoi je me mêle. Je ne vous connais pas, jamais vus.

Tout de même, Gabin fait un caprice, Audiard une anicroche. Non, alors, quoi. Oh, fantômes, comme vous me menez par le bout du nez. Oui, oui, à aujourd'hui, maintenant. Oui, je suis heureuse de revenir même avec d'autres visages, parce que, parce que...

Septembre 1990.

Retrouver le petit bout de ma lorgnette végétale, je cherche ma mémoire mais ne la trouve plus. J'ai perdu quelques bouts ou bribes de ma mémoire. Je cherche telle une mosaïque, kaléidoscope de ma vie, des trouées, par-ci, par-là, mais timidement. Où est le câble, la définition de tout cela ? Je n'ai pas seulement perdu le do de ma clarinette, mais le si, le quand, le pourquoi, comme le navigateur cherchant le nord, l'étoile du Sud, quelque chose qui guide tous les émois, les surprises, les tragédies qui s'amalgament, se torturent et finissent dans la gouttière, qui, goutte à goutte, te perfore, t'accapare, t'essouffle, te presse tel le citron, le pauvre qui doit nécessairement être présent à tous les moments parce que c'est comme cela, parce qu'il existe pour cela et pas autre chose. Citron je suis, pressé, éjaculé, parachuté Dieu sait où, citron qui ravive les idées, les clairvoyances, la curiosité, l'émoi, la route, la morosité, les déjà vus, les déjà entendus, quelque part. Où cela ? Dans le regard de maman, le chat qui miaule, la sonnette stridente du connard qui ose passer par là.

Montagnes russes, désert torride, douce oasis, parfum. C'est pas marrant. J'en ai marre de ce qui appartient à tout le monde mais pas à toi. Ton toi, c'est à tout le monde, et le monde n'est pas pour toi. Alors, où me cacher pour avoir tout bien à moi, en cachette, en plaisir, malice ?

J'attends. Oui, bien sûr, c'est évident, cette bonne blague, c'est toujours évident après, mais à ce moment-là, hein ?

Oh ma titine. Je cherche ma tétine. Mon sein. La fleur, le commencement et l'éclosion. Je cherche mes clefs, les allumettes. Quel est finalement le chemin parcouru ? *That is the question.*

Tournage à Boulogne, octobre 1990.

Nous avons été de sacrés moteurs Ferrari, Rolls Royce. Un moteur ne s'arrête pas comme cela, il vibre encore et toujours d'élans de félin. Il gronde toujours, il est là, il respire. Si ce n'est pas pour toi-même, c'est pour le cinéma qui a bien besoin d'amour et de réconfort. Il existe et existera toujours quoi qu'il arrive. Tu ne peux avoir semé si longtemps et ne pas attendre la récolte, qui vient de bien loin. Si tu pars, alors qui la ramassera ? Tu te dois de continuer pour nous tous, on est avide d'amour à explosion, de remise en marche, car nous passons au travers du temps, des modes, des misères pour donner un souffle majestueux à l'humanité. Si l'acteur démissionne et ne va pas plus loin, alors pauvres de nous.

Noiret, plus il vieillit, plus il se peaufine. Il devient l'essence, l'évidence. Tout son être est tendu vers l'inimaginable et bien réelle émotion qui le suivra pour l'éternité. En voilà un qui donne sans fatigue. Quelquefois apparemment distrait, mais ô combien présent. Présent, reste dans le sillage qui nous a été tracé et transmis depuis la naissance de ce sacré foutu cinéma.

Aux armes, l'artiste !

Quand c'est fini, ça recommence. Y'en a marre Ferré, cri resté sans écho. Il n'y a plus rien, disait Ferré (oubliettes). L'Artiste le sait depuis l'éternité que nous sommes dans le chaos. Plus de jugement, plus de jugeote. On est foutus. Même si l'artiste tente la survie, c'est inutile. Regardant la télévision, je ne découvre que médiocrité, scandales. Il n'y a plus de quartiers. Au secours l'acteur. On le fait venir pour s'en servir et on le jette. Moi, personne ne me jette. Plus d'invention, de malice, de bonhomie, d'échanges avec le public. On se sert de vous, êtres humains, pour faire partie d'une machine monstrueuse qui vous malaxe et vous passe à la poubelle. Acteurs, écrivains, artistes créateurs, innovateurs, à vos armes mes amis. Prêts, partons.

L'horreur en permanence sur le petit écran. A bas les veillées jadis pleines de bois brûlé en l'honneur de rencontres, d'échanges d'humanité. Mort, tout est mort. Défendons-nous, nous qui sommes les seuls à pouvoir encore continuer l'humanité avec sa noblesse, représenter des hommes, des femmes pour les aider, pour sauver ces harkis, non seulement de l'horreur de la prison, de la mort, mais contre le mauvais goût, la sécheresse, le vide à tout propos. Pas de secours, on est seuls, nous artistes. Il y a beaucoup à faire, nous sommes le seul lien de l'individu avec ce mur d'horreur, sans cesse croissant. Cessons de nous laisser crever et avec nous les purs, sots peut-être, mais vivants, qui te bouffent de trop aimer, d'aimer la vie, ses essentialités. Qui t'attend pour que tu fasses quelque chose. L'artiste crève l'écran, retient l'océan d'horreur, de mauvais goût, de cruauté, d'avidité qui submerge l'humanité et les hommes en particulier. Dehors. Assez. Les guerres bien loin de notre honneur, de notre survie. Se battre pour du pétrole, le pétrole répandu aujourd'hui dans l'océan Indien. Tout partira comme lui, pour l'intérêt de Dieu sait qui, puisque le mensonge, la cupidité, la noirceur de l'âme sont mortels.

Les Kurdes, l'envoi de nos soldats. Pourquoi? Koweït, pourquoi? Pour remettre ces beaux pachas dans les belles baraques, avec de beaux dollars, quand l'Irakien, s'il n'est pas déjà mort, crève la gueule ouverte de soif, de terreur, d'ignominie. Alors quoi, Dieu que tout le monde nomme, surtout pour faire passer la pilule, pilule devenue œuf nucléaire, destruction générale, mondiale et qui vient maintenant dans la cuisine, les supermarchés. L'imbécillité de croire encore à quelque chose est devenue cancer, mort immédiate, plus le droit de pardonner, d'excuser. Urgence immédiate.

Aux armes, citoyens, formons nos bataillons. Mais changeons de thème et de musique, elle n'a pas servi à grand-chose. Mort, démodé. C'est bien pour les défilés, les mascarades mondiales, universelles.

Toi l'artiste, si tu n'es pas à la hauteur, dégage. Tes musiques ridicules nous pèsent. Dehors les faux-semblants, les égoïsmes. Toi l'artiste, le vrai, prends ta dague, défends les faibles, les pauvres cons dont nous faisons partie, les rêveurs, les utopistes, les chercheurs. A vos marques. Stop. Déjà à notre portée. Facile, pas de lézard, comme on dit aujourd'hui.

Filtre puissant, que personne ne nous fasse du mal. Stop définitif des moyens de communication quels qu'ils soient. Plus d'avion, de train, on ira à pied ou on le prendra en otage. Ça marche beaucoup en ce moment, etc. On reste à la maison, on se calfeutre, on se barricade et on dit non à toute l'horreur qui rentre insidieusement par la télévision, les journaux gazettes. Mensonges, achetons Airwick, eau de Javel que je hais, mais ça ira très bien quand même. En plus, ils adorent cela les cons. Ils ne savent pas qu'on les tue à petit feu, sans s'en rendre compte. Retrouvons le potager, l'eau à la source, à la fontaine, respectons la mer, la faune, la modestie que l'on détruit à grand feu et qui déjà ne laisse que cendres épaisses, définitives et qui nous envahissent peu à peu la tête, l'énergie et nous rendent impuissants, stériles, avant de mourir désagrégés.

Aux armes, messieurs, mesdames, les hommes et les femmes, suivez-nous, la terre promise existe encore, vous qui croyez encore à l'évidence, la force cosmique. Défendez-vous, défendez vos petits qui un jour deviendront très grands, pour exterminer la graine mauvaise de l'humanité, ses détours, ses sourires grimaçants, épée ronflante. Prêts, partons, tirons le plus beau feu d'artifice universel. Par respect, joue celui-ci, jailli en 89. Pour ceux qui l'ont créé pour nous, il y a bien longtemps, soyons dignes d'eux, ne les décevons pas. Ils nous regardent.

Syndicats meurtriers qui ont été instaurés pour le bien-être de tant d'hommes nécessiteux, vous avez changé de direction, vous nous avez trompés et vous faites tout pour emmerder tout le monde. Oubliée votre cause humanitaire. Espions, morpions. Reprenons notre entité, notre personnalité. Le plus court chemin est la ligne droite, pas de quartiers, ces faiseurs d'impossible, de gangrène qui nous paralysent. Les inventions, les espoirs ont été donnés par un souffle humain désireux d'accéder à une justice. Hélas, ces principes sont depuis bien longtemps régis par des malhonnêtes, des gougnafiers de grande envergure. Allez, du balai, trouvons l'homme intègre qui sera juste, qui nous aidera et nous aimera. Ayons la force de nous défendre, je vous le jure.

Novembre 1990.

A un certain moment, on ne peut rien imposer à personne. La force est dérisoire. « Bas les masques. » Horreur perpétuelle. Qui a raison ? On s'en fout, de toute façon le résultat est le même. On tue, on se tue et alors ? Liban. Famille détruite. Grève des douaniers à la frontière espagnole. Coup de grisou en Tchécoslovaquie, et ultime événement au Lavandou, inondation, qui restera pour moi le fin mot de l'histoire : une ménagère interviewée : « C'était affreux ! Pensez donc, je n'ai plus un torchon sec. » Moralité de cette journée télévisée — du résumé de ce jour. Bon, eh bien moi, je m'en vais faire ma soupe ! Et on passe à autre chose.

Bêtise, connerie, enfer. On ne sait plus où est le

droit chemin. Kurdes, Afrique, menace de guerre dans le Golfe, Intervilles pour tout un chacun. Olé, qui va gagner ? Bouffonnerie qui laisse des milliers d'hommes étourdis, à bout.

Décembre 1990.
Répétitions à la Plaine-Saint-Denis.

Enfin le Théâtre de la Colline, ancien ciné le Zénith. Les médiums dans l'immeuble. Salut, vous voulez entrer. C'est par là.

Les acteurs, toi, maman, à côté, tout près, comme la villa Godin accrochée au mur des Fédérés. Je vais travailler là, à côté de toi toujours, tu es toujours emmêlée dans moi. Quel bonheur. Oui, continuons, je me sens aiguisée, active, amusée, attendrie par cette promiscuité latente, éternelle, obligatoire. Tu me guettes malicieusement. Oui, je suis grande, toute seule, mais je sais où aller. Tout inspire ta présence. Dieu soit loué, tu ne m'as pas oubliée. Oui, maman, j'ai fait comme tu m'as dit. Pardon d'avoir été brutale pas par méchanceté, non, seulement pour te bousculer, pour te donner du ressort, de la rigolade. Tu aimais tellement rire. Souviens-toi de nos rires...

Nos rires fous.

1er janvier 1991. Au téléphone.

Mister qui ? Mister quoi ?

Mais comment donc, mon commandant, après vous, je vous en prie.

Mystère. Oui, bien sûr, et pourquoi pas boule de gomme pendant que vous y êtes, que nous y sommes.

Non ? Alors Mystère vingt. Ah, il est venu ! A téléphoné, exactly. Eh bien moi, mon pote, il s'appelle crayon. Au fait, bonne année, a-t-on dit. Comme blague, elle est réussie. Au fait mystère je ne sais quoi Miss Boule Gomme. Oui, je retire la particule, soyons simples, and co. Je vous salue bien.

Janvier 1991. Guerre du Golfe.
Paris-Rome entre deux répétitions
au Théâtre de la Colline Heldenplatz.

Oh, liberté chérie, transparence unilatérale. Stop. Besoin énorme de tranquillité. Me voilà toute célibataire comme on dit. Italia, Roma, comme ça, par caprice, obligation, nécessité, retrouver ma plume bien déplumée depuis quelque temps. Plus d'essence dans le moteur, des ratés perpétuels, la goutte dans les genoux, juste un parfum d'exotisme comme ça à huit heures du soir, avec des gens internationaux, les gazettes illustrées de la mode de toujours, 80, 60, 70, et allons-y donc. Oui luxe, exceptionnel, pas comme d'habitude. En bas, lc chaos, la guerre, l'incompréhension, trop de rapidité, grâce, grâce. Je suis fatiguée et si prête d'être réalisée. Envie de pas grand-chose, juste un peu de silence, tranquillité.

Je ne retrouve plus mon chemin, la route, la direction. Tu comprends, Valentino. Tiens, je te baptise italien. Toc, ça t'apprendra. Où étais-tu depuis toutes ces années ? Au bureau, à la garderie, bien sage, bien soigné dans ton coin. Eh ? Viens, je t'emmène chez moi, quelque part par là, ce qui était chez moi il n'y a pas encore longtemps. Laisse-toi séduire, reste là, j'ai besoin de toi, tout près. Tais-toi, écoute, regarde, sens, devine aspire, respire tout fort à t'étouffer, ne crains rien. Je suis là. Tiens branche l'écouteur. Quoi musique arabe encore. Eh bien normal, ne pouvant se faire comprendre, entendre, ils essaient de te faire dire qu'ils sont là, existent, et qu'il serait bien temps de les comprendre, de les aider, qu'ils existent autant que nous, eux toujours bafoués — pauvre pays déshérité, sans honneur.

Allez-y défendez-vous.

On est là. Ah ! de la samba maintenant. Oui, oui, sur la piste j'étais la plus envoûtante. Maintenant, tourner le popotin est déplacé de toute façon. Je dois être invisible. Personne ne me remarque. Je me taille vite fait bien fait avec la musique à plus jamais.

20 mars 1991.

Conclusion, le pétrole se répand dans l'océan Indien. Bernique, on est cocus une fois de plus, on monte les enchères en permanence pour nous écrouler trois minutes après.

Où est le vilain monstre qui devait être exterminé ? On ne dit plus rien, il continue à faire ses caprices. Où es-tu Arabie perdue ? La violence ne peut engendrer que misère, chaos, extermination, elle détruit l'humanité, ses ressources, son espoir.

Lui, tout va bien. Il continue, mais ce n'est pas notre problème. Il y en a tant, n'est-ce pas ? Nous on est à l'abri. C'est la fatalité.

Plus on avance, plus on recule. Prenons un peu de recul. Véritablement, implacablement. Voilà où est le hic. La trouvaille — l'entente sûrement — l'efficacité.

On est épisodiquement remis en cause, puis on

passe à autre chose. Chaos, destruction, aucun espoir nulle part.

C'est beau l'idée fixe quelquefois. Aujourd'hui, elle est à jamais dans les asiles, à perpétuité. On est assisté par le syndicat, autre mafia déguisée, quelle qu'elle soit, le besoin de l'individuel ignoré. Tout pour anéantir le pouvoir ou celui qui tente quelque chose, bâtons dans les roues inévitablement. L'humanité est bien autre, croyez-moi. Elle peut tout toute seule.

Mars 1991. Rome
(pendant le doublage du film Faccia di Lepre*).*

Bon d'accord, je suis fatiguée. Il pleut ou Dieu sait quoi. Je dîne à l'hôtel. D'accord, n'est pas Bocuse qui veut. Sont tous abrutis, mais tout de même. Spaghetti à la carbonara, rien de plus simple, même rue Marbeuf ils font illusion. Ce soir, à Rome, une ragougnasse, la viande n'est pas cuite et le garçon qui me regarde, médusé : « *No è buono, signora ?* » Il se fout de ma gueule. Mais tu l'as goûté, toi, connard ? Immangeable.

Vous êtes immunisés contre les microbes, la connerie. Vous continuez où vous êtes, vous savez où vous êtes, un peu d'amour, d'attention, ils n'en ont rien à foutre. Pauvres de nous, un ballon d'eau chaude, niet. Ils ne trouvent pas d'allumettes. Oh Dio.

22 avril 1991.

22 avril 1989, la sortie de mon premier livre, consacré à maman uniquement bien sûr. Sa mort brutale m'a perturbée.

Je ne pouvais plus écrire, si, quelquefois en cachette.

J'étais blessée quelque part de l'avoir effarouchée peut-être.

Jeannot m'a dit que lorsque j'étais à Moscou maman l'avait lu et relu, et était très fière de moi.

Des mois d'attente, de désarroi, pourquoi écrire puisqu'elle n'est plus là ? Et puis, le temps, et son amour ont eu raison de ma paresse et de mon abandon tenace.

Je sais aujourd'hui que c'était vital pour moi, une plus grande complicité avec elle.

La redécouvrir absente et plus présente encore, j'ai écrit pour elle. Pour lui dire mon amour, que je n'ai jamais osé lui avouer.

Bratislava, mai 1991.

Salut copains tziganes, emmenez-moi où vous voulez. Je suis de la fête, de toutes les fêtes. Allons faire un tour à Grenade, à Moscou, en Yougoslavie, en Turquie, et pourquoi pas en Arabie perdue, si loin, si loin, là-bas, loin des canons, de l'horreur, car il n'y a plus la musique. Plus de temps pour la musique. Vous faites la pause. Pourquoi ? Pas d'arrêt, on n'a pas le temps d'attendre. Tout de suite. Maintenant. Merci, tu m'as entendue sur la Volga. Joie immense, dure, dure encore, encore. J'ai mal partout et je suis bien, gavée d'amour de tous ces gens, si vrais, si véritables. Partons là-bas où il y a la musique, le rythme, l'amour, la ribambelle, où il n'y a plus de frontières, de qu'en-dira-t-on. Ivresse du temps présent, de tout ce que tu as reçu, gerbes immaculées d'yeux, de regards pas perdus, de sourires en coin.

Gypsy, tu es encore parti faire la pause. Pauvre de moi. Et alors qu'est-ce qu'on fait, on mange dans une assiette, posée là par étourderie. Moi, j'en veux pas de votre salade, je voulais l'ivresse, le don, le rare, et tu m'apportes une bouillie indigne de toutes les pouponneries, une salade de tomates si triste. Où suis-je ? That is the question. Je me suis trompée d'adresse. L'impasse poulet-tomates et pas de Tziganes. Tziganes épuisés, fatigués, font la pause et allez-y donc, connards, faites la pause et moi je m'en vais suivre mon rêve qui est présent, j'en suis sûre, ailleurs. *Good bye. So long.* Tchao.

Bratislava, juin 1991.

L'envergure, ça se mérite, ça s'apprend, le talent ne suffit pas. Il faut une autre dimension. Le pardon, l'humour, la générosité. Tu as tout à apprendre pour toi d'abord et pour communiquer avec l'être qui t'écoute, qui vit au travers de toi.

Il faut donner, ma cocotte, autre chose que le mépris, le crachat.

14 juin 1991.

Strasbourg. A la descente d'avion, Mme Pompidou.

Garde-chiourme. Garde de nuit. Garde d'enfants. Garde-barrière. Garde à vue. Pourquoi pas garde de chiens, qui sont eux-mêmes chiens de garde. On ne sait plus où on est.

Garde-à-vous ! Rompez. On ne fait que cela.

Rue piétonnière où l'on piétonne à longueur de journée. Tracé à suivre comme au musée. Les tableaux sont bien loin. Obligés d'admirer les vitrines, pas tellement alléchantes. Mais, bordel, la rue, c'est le fouillis, l'incohérence, la course, les camions qui déchargent, les bistrots, les passants cocasses. Maintenant tout est tracé, même l'endroit pour la crotte du chien. J'ai l'impression d'être à Disneyland. Le toutou, il fait là, na, le toutou à sa mémère. Il y a même le chien dessiné par terre, comme si on n'avait pas compris.

J'ai l'impression d'être au jardin d'enfants. Ça, c'est le loup. A Strasbourg, un chien avec une bulle (je suis propre moi, et vous ?). On joue à quoi ? J'ai l'impression d'être comme quand j'étais guide de France, avec mon fanion faisant l'itinéraire ou autre connerie, le rallye indiqué à la source, se retrouver au puits, message codé. Sus à la charcuterie du bled ou la chasse à courre, partie de cache-cache dans le fourré.

Le sifflet. A vos rangs, à droite, une deux, bifurcation, chasse au trésor. Mais le trésor, il est partout et surtout dans la ville, la pénombre, le café du coin, l'épicière, le rémouleur, les embarras, le trafic, la fuite. Moi, j'ai envie de regarder les maisons, les places, les marchés, les terrasses.

Musées aseptisés, l'ennui. Il paraît qu'ici on va couper les arbres. Arbres magnifiques, centenaires, pour faire passer le tramway. Mais qu'il passe comme tout le monde, sur la rue piétonne, il y a de la place maintenant. Je me demande toujours si les gens qui décident ont vraiment toute leur raison. Faut-il être bête d'abord d'avoir supprimé les tramways et de les remettre par caprice. Dans le jardin public, les arbres, eux, vont mourir et avant qu'ils repoussent... Et voilà, ils feront comme les hommes. Aujourd'hui, c'est par là, c'est comme ça et pas autrement.

Merveilleux Jacques Tati, où es-tu ? Ordre, contrordre, passez la monnaie. Courons à la maison sans repères. Petits cailloux, la piste qui a décrit tout cela. Homme visionnaire, humble talent jusqu'aux oreilles qui a su nous montrer la gentillesse de ce facteur, son incompréhension déjà de l'incohérence humaine dans *Mon oncle*. Les dalles dans le jardin, le modernisme et ses dangers, et notre anéantissement culturel de tout ce qui existe depuis l'éternité. Notre destruction, non par les autres, mais par quelque chose de plus pernicieux, l'imbécillité, le manque de goût, le profit de quelques-uns sous couvert d'améliorer la qualité de la vie. Il y a même un ministre pour cela. Je suis idiote, mais je n'ai pas encore compris ce que cela voulait dire.

Ça une carotte ? Une carotte connais pas, disent les mômes. Ça vient d'où, ça se mange ou ça se suce ? Ah, c'est un esquimau. Un jour, un éducateur a demandé aux gosses de sa classe de dessiner, non pas un mouton, mais un poisson. Le résultat était deux boîtes de sardines ou deux surgelés.

Quelle misère ! Recommençons par le commencement de grâce, et protégeons nos chers bambins en leur apprenant l'évidence qu'ils trouvent ou retrouvent d'instinct : la nature et toutes ses richesses, qui bientôt finiront comme le pétrole dans l'océan Indien.

Quel gâchis ! Les consommateurs enfournent dans leur cabas les boîtes pour les chats, Ron-Ron, Friskies, avec la sauce tomate ou le pâté du Périgord sous plastique. Même bouffe, même combat. Les plats Findus surgelés, prêts à cuire, je ne vois pas de différence avec les pâtés pour chat. Je ne sais plus qui est le chat-croquettes et qui est l'homme-Findus. Boutique toilette du toutou ou salon de coiffure. Quel désordre ! Pauvres de nous. Encore heureux, nous humains, nous pissons à la maison. Ça me rappelle « les petits coins », au fond du couloir, à gauche en entrant. Ma petite dame, n'oubliez pas la monnaie.

On a supprimé les urinoirs publics pour faire place au trottoir obligatoire du caca organisé de nos chères bestioles. Marcher, suivre le troupeau, je n'ai plus envie de marcher. Mes pieds refusent de continuer.

Cuisine alsacienne, extraordinaire, hourra, on est sauvés, ça existe encore. Déguster, se lécher les babines. Pour l'éternité.

Septembre 1991.

Tout est foutu.

Mortibus du radada comme disait maman.

Maman, où es-tu, tu es la plus coquine des mamans, futée, aiguisée...

Je t'aime maman.

Je ne te l'ai pas dit suffisamment. L'as-tu compris, maman de ma vie, je t'aime à gros sanglots.

Si on recommençait, comme ça, pour rire.

Pourquoi pas ? Hein ma jolie, ma lolotte, tu tricotes dans les nuages, dans l'espace. Bien reçu. Je m'apprête immédiatement, mon œuf non encore éclos.

Octobre 1991.

Départ 13 h 30 de Paris pour Montréal.

Tiens le vent souffle. Une pluie pénétrante, une odeur d'automne avancé. Il y a quelques secondes on étouffait de chaleur, mais de bien-être quand même. Le gros avion se prépare, direction Montréal. Et puis en première classe, c'est quand même mieux. Tout est velours velouté, sourire malice, on va faire une bonne farce (traversée), comme si c'était la première fois. Oui, moi je ne sais rien, j'attends que l'on me dise. Trousse de toilette, pantoufles, du sent bon, du champagne bien sûr. Comme cela est bon. Depuis si longtemps, un peu gâtée, chouchoutée. Oui, c'est mieux qu'à la salle Pleyel, on est aux premières loges, on peut fumer, pas de pourboire aux ouvreuses. C'est toi qui fermes le rideau, qui vides l'auditoire et ses musiciens ou les réanimes à ta fantaisie. Fauteuil club, cigare, aurore boréale quelquefois. Et puis on ne voit pas l'effort du pauvre violoncelliste arc-bouté, les ronflades du chef d'orchestre. Pour moi, horizon, le ciel, nuages, le Pôle en bas, le soleil toujours là ou une lune outrecuidante. On prépare la table, le repas te fait les doux yeux. C'est mieux que les esquimaux à l'entracte. Ici entracte à perpétuité. Autre chose pendant que j'y pense. Un petit va arriver, un autre petit-fils. Si l'on croit à la réincarnation, ma mère deviendrait mon petit-fils et par conséquent je serais la grand-mère de ma mère. C'est une chose qu'il faut bien considérer et envisager.

Et puis, on est toujours à la même heure, on fait du surplace dans l'atmosphère, au cas où, étourdie, je n'aurais pas fait attention à l'heure de départ. Elle sera la même à l'arrivée, une bonne chose de faite. Comme cela j'ai voyagé pour pas un rond, puisque je n'ai pas bougé. Je suis éternellement à l'heure, quelle bonne idée. Le contraire est plus fâcheux. De New York à Paris en 3 h 20, c'est-à-dire arrivée à 9 h a.m., qui font 15 h à Paris. Départ en Concorde vers 13 h, 19 h à Paris. Quelque deux mille trois cents kilomètres à l'heure. Regardez le Mont-Saint-Michel, retournez à votre place, on atterrit à Roissy. Bref, à 22 h 30 Paris. Tu n'as rien vécu, t'es en retard à Paname. A New York, tu es restée sur ta faim. J'ai mis des mois à m'en remettre, c'est affreux de perdre mon entité, mon goût du réveil, délectation du voyage, émotion de l'arrivée. Je suis en sorte arrivée avant d'être partie. Quel gâchis, et pour ma tête c'est difficile. J'ai vomi, je crois que nous ne sommes pas encore à même de supporter cela. Exemple les astronautes : suicide, mort violente. Ils ont découvert la chose inconnue qui ne peut plus te permettre de vivre normalement. Cette chose que l'on connaîtra un jour. Tu n'existes plus ni ici ni là. Vertigineux. Ta tête éclate. Tu vas être présente nulle part. Disparue du compas, de l'atmosphère. Un coma. Oh ! faites qu'il soit toujours 13 h 30, treize heures trente. C'est le paradis en l'air, sur terre. Courons après le soleil avec la lune à nos côtés, à mes côtés. Je cours.

Novembre 1991. Aux armes !

Rendez-nous notre honneur, notre pureté, notre fleur bleue qui nous ont bercés, pauvres archets que nous sommes. Tout est en la poésie. Les cris sont toujours là, mais vous nous avez muselés, attachés car vous avez décidé. Aucune possibilité de communiquer avec les autres. Les hommes, le peuple qui, avec tous les artistes, avait son bâton de maréchal, une route tracée vers le cœur, en coup d'œil et qui, avec peu ou presque, était capable de tout donner. Arrêtons les parasites, les pas finis qui sont nuisibles. Laissez-nous tranquilles, nous sommes asphyxiés. Nous avons besoin d'énergie, de réapprendre tout. Un chat est un chat. Faisons le grand ménage du printemps, car nous revenons, renaissons.

Aux armes, les artistes ! Prenons nos balais, balayettes, fourches et mousquetons, l'insecticide, les plumeaux et chassons les vampires médiocres — l'ail, la croix — qui ont transformé notre bien-vivre, la liberté, la diversité. Nous proposons de laisser la grand-voile.

1991.

Qu'est-ce que tu me dis, Lola ? Je n'ai pas entendu. Articule, parle plus fort.

« La vulve et le pénis sont toujours amoureux. »

C'est Jessie qui me l'a dit.

Mon front se plisse de stupéfaction. Décidément, la bêtise est dans tous les foyers. Comment voulez-vous que l'on s'en sorte ?

Certes, dans la baignoire, papa, maman, Jessie devisaient tout en se montrant leurs attributs respectifs. Papa a un pénis. Toi, Jessie, une vulve. As-tu nettoyé ta vulve ce matin, ma Jessie ? Comme elle dirait « on a bien déjeuné, Jacquot ? ».

Et aussi cours du soir au matin. Il y a le boucher, la boucherie. Le pharmacien, la pharmacienne. Le poulailler, la poulaillère. Le torchon, le serpiller, la serpillière. Oh, oui maman, il y a la vulve et le pénis.

Bien, dans la même famille, décidément c'est contagieux. Un enfant de cinq ans est obnubilé par les tuyaux ou le fil électrique au bout du rasoir qu'il trimballe dans son lit. Il y a quelquefois tous les ustensiles ménagers, avec un fil de cinq à six mètres de long. C'est sûr, il court après son cordon qu'on a dû lui couper quelque part. C'était à Noël, on offrait au grand-père un aspirateur sans moteur, que l'on adaptait à un vrai aspirateur. Le gosse n'a pas dîné, tout occupé, essoufflé à passer ce tuyau sous tous les meubles en ronronnant le bruit du moteur.

Je lui dis : « Mais il n'y a pas de moteur. » « Je sais, on fait comme si. » Fataliste. J'ai demandé à la mère-grand de lui donner un vrai aspirateur pour le calmer et pour avoir la paix. Il a coutume de vouloir aspirer des cubes, des chaises.

Mère-grand s'est fâchée. Ça suffit, c'est terminé l'aspirateur — et le môme sans vergogne demande : « Mamie, je peux garder le tuyau ? »

J'intitulerai cette fable tragi-comique la vulve, le pénis, sans oublier le tuyau.

Fin 1991.

Sur la tombe.

Je n'ai plus peur du loup, du croquemitaine. Si, de l'orage encore un peu.

Je suis libre.

En humant tes fleurs, lavande, roses, azalées, hortensias, je t'aspire, j'aspire ton amour, ta force qui me guident au bon endroit.

Quelle merveille que la vie qui continue malgré tout !

La vie, c'est la grand-route avec des tunnels plus ou moins longs, et d'où l'on sort ailleurs, sous d'autres cieux, à La Garenne-Colombes. Voilà, et tout recommence.

Je viens te remercier non pour ce que tu as fait pour moi, vivante, mais pour ce que tu me donnes maintenant : la sagesse, la compréhension, un certain bonheur que j'ignorais.

Que peut-il m'arriver de plus, après ta mort? Celle de Renato, de mon beau-père, de la Roquille, de tous les êtres, de ma famille en quelque sorte. Celle des forains tziganes, de tous ces talents tronqués brusquement pour nous, mais qui continueront ailleurs plus tard, pour resurgir avec innocence, bonheur et recommencer.

Quelle beauté que la vie puisqu'elle est éternelle! Je croyais que c'était une image d'Epinal. Eh bien non, elle est là et bien là. C'est vrai, elle existe.

10 décembre 1991, Maastricht.

L'Europe, certes, est inévitable et nécessaire pour notre survie. Mais par les temps qui courent, ce n'est qu'une utopie. La paix ne sera jamais sur cette terre et l'Europe aussi. Il y aura beaucoup de problèmes et je ne vois guère de solutions.

Votre cuisine sera toujours faite à la margarine.

Vous voulez nous forcer à vivre votre vie, à suivre vos lois, vos principes. Laissez-nous donc tranquilles, on se débrouillera très bien tout seuls. Vous verrez, vous faites tout pour nous décourager, paysans, petits magasins morts, le papillon qui voletait a disparu, plus que des grandes surfaces, ensembles, magasins désunis. Où allons-nous devoir chercher la bouffetance des artisans ? A Berlin où vous savez très bien que la table est dégueulasse. Vous n'avez pas encore compris que nous voulons notre jardin secret, le coin du potager, notre débrouille, les petits endroits inattendus et précieux, notre responsabilité individuelle illimitée. Arrêtez de penser à notre place. Pouvoir aller à la ferme chercher les œufs, le lait, bavarder en bon français ou parigot, si bon nous semble. Assez avec les arrivages d'Afrique, d'Argentine, de Somalie. On a tout cela chez nous, sur la table, dans l'entrebâillement du panier fleuri, et vous ne voulez pas le savoir, à la va comme je te pousse.

Finalement, c'est notre bouffe qui devient exotique, car elle est rare, on la délaisse alors qu'elle a un suprême parfum de labeur, de joie, de notre superbe pays.

Accordez vos violons, taillez vos crayons et taillez-vous aussi par la même occasion.

Vous voulez construire l'Europe, laissez-nous rire ou plutôt pleurer, car nous n'avons plus aucune possibilité de nous en sortir.

J'en ai marre de voir midi à votre porte.

Vous construisez en dur inesthétique sur un puisard de glaise pour ne pas dire de merde. Votre sens giratoire ne tourne plus rond.

Dites-le-nous, qu'est-ce qu'on fait, on se peint en bleu, à la chaux, en pisse-vinaigre phosphorescent, ou on laisse pousser les favoris ? On porte à droite, à gauche, comme les messieurs Il faut savoir ce que vous voulez. Vivons chez nous, mais ne nous mettez pas sur un plan mondial, international, la terre est aussi pour les autres.

L'Europe, mais commençons à faire le ménage chez nous. Je suis profane et paysanne en la matière. Je ne parle à personne en particulier et à tout le monde en général. Je ne demande qu'à comprendre mais dans un tel fouillis, je crois que vous ne vous y retrouverez pas non plus.

Sauvez les artisans, leur bonne foi et leur maladresse, et surtout leur individualité. Ne faites pas le monde à votre image qui n'est pas très agréable à regarder.

Vos fanfaronnades, ça suffit. Votre myopie permanente fatigue, vous n'arrêtez pas de pérorer à tort et à travers, ce n'était pas la peine de sortir de l'ENA.

Que ne savez-vous défendre la France, pays dont l'orgueil est les vins des vignerons, les fromages, le soufflé au champagne, les crêpes suzette, la table bien dressée avec maître queux, l'élégance, le raffiné, le rare. On nous apporte la barbaque par camions réfrigérés, le micro-ondes — une hérésie monumentale —, les restos routiers. Où est la cuisine ménagère faite avec bonhomie et suspense ? Pour moi, c'est un blasphème, mais il faut bien faire avec. Nous ne sommes plus sur la même longueur d'ondes et vous ne vous en êtes pas encore aperçus.

Un coup, j'te donne du bon fromage au lait, il est du pays de celui qui l'a fait, et donne-moi donc, pourquoi pas, un cheese cake ou de la grosse saucisse d'outre-Rhin. Chacun son domaine, chacun son sale goût, comme disait ma mère.

On en est encore à vouloir faire un référendum quand les voisins hurlent de désespoir et d'horreur et de faim, quand à la porte à côté, c'est la tragédie.

Janvier 1992, déjeuner de têtes.

— Vous n'avez pas vu la tempête ce matin ?

— Non. Pourquoi ?

— Nous l'attendions pour déjeuner. Ce n'est pas grave, elle a dû croiser quelqu'un, ou alors elle est bloquée par l'anticyclone.

— Tout est prêt pour la réception ?

— Yes, no problem. Je fais venir régulièrement deux camions réfrigérés de Hollande.

— Vous en avez de la chance ! Moi, je ne peux plus faire mon marché, il me tombe du ciel des artichauts à n'en plus finir. Que voulez-vous que j'en fasse ? Ce matin, en sortant sur mon perron toute belle, toute proprette, habillée pour vous faire honneur, ma chère, une grêlée de petits pois, avalanches de pommes de terre, navets, fruits, primeurs et Cie. Sur mes bégonias, des flopées de poissons morts-nés, glissant dans les rigoles, le long des trottoirs, regagnant la case-départ...

— Restez calme. Mademoiselle Tempête va nous balayer tout ça.

Bon, j'en ai assez d'attendre. Nous passons à table.

Marquise de Pompadour.

Madame Sans-Gêne.

Madame machin.

Madame est servie.

— Chère madame, un doigt de porto ?

— Non, une larme de glycérine, on se sent mieux et c'est plus efficace.

— Je ne voudrais pas vous emmerder, mais pourriez-vous me passer le sucre ?

Brouillard. Silence.

Un ange passe. Ça cuit fort à Sarajevo. Que voulez-vous que la bonne y fasse quand le patron n'y peut rien ?

Il faut l'huile et le vinaigre pour réussir la sauce. Non, il faut du cœur, des tripes, et de la noblesse majesté.

Je lui ai bien rivé son clou à celle-là.

Mars 1992. A Mikhaïl Gorbatchev.

Tu nous as redonné l'espoir, l'appétit, l'intelligence et la venue tant désirée de la liberté, de l'égalité et de la fraternité. Je te tutoie car tu fais partie de notre famille. Tu es la sagesse car tu savais alors que la porte ouverte brusquement laisserait passer un jour le désordre, l'incoercible et la destruction provisoire. Certes, après tant de souffrances, de tragédies, d'emprisonnements, l'oiseau s'envole, mais, hélas, il perd ses plumes. Très vite l'essor est étouffé à sa naissance. Car tout va trop vite après soixante-dix ans de goulag, d'horreurs, la liberté est trop belle. Il a été fait trop de mal dans le monde, et recommencer à apprendre la douceur, la générosité, le pardon est difficile.

Tu avais raison. Il fallait attendre, mais les autres ont pris tes clés et ont ouvert les portes interdites, à tel point que l'on t'a jeté au cachot dans un F2, à des milliards d'années-lumière de Moscou. Ton peuple opprimé, torturé pendant tant d'années, les Russes, que certains d'entre nous ont assimilés à des Bolcheviques, ne sont que des hommes comme nous autres. Nous sommes frères, mais ils n'ont pas eu notre bonheur d'être libres. Comment pourront-ils s'en sortir ? Dieu seul le sait, mais il ne nous le dira pas, car il a trop honte.

Je trouve que l'on manque de grandeur, d'estime et de reconnaissance envers cet homme qui a tout changé dans notre monde. Je m'étonne qu'à Paris, en France, on l'ait éliminé. Je me refuse à cette idée. Je vous trouve impolis et disgracieux, ridicules surtout, car si l'on peut évoluer, avancer en ce bas monde, seuls l'innocence et le flux fructueux peuvent subsister.

Faire cette guerre ignoble, incompréhensible et meurtrière contre les Irakiens dont vous vous foutez complètement, au risque de faire sauter encore plus fort l'autocuiseur, cette guerre de pacotille, opérette indigne du Palais Garnier et de l'Opéra-Comique. Je pensais que c'était une blague, un poisson d'avril anticipé.

Les gazettes, la télévision, Intervilles en direct tous les soirs. Bombes en sucre d'orge, fusées multicolores, guerre féerique n'ont été que mascarades pour masquer la vérité. A-t-on vu quelque chose aux actualités ? Nous sommes pourtant continuellement bombardés d'images du Liban, de la Yougoslavie et du monde entier. Non, que des bruits de couloir par-ci, par-là, à la une, à la deux et à la trois.

Combien de milliers de morts, de foyers détruits, de souffrance ? Plus de souffle régénérateur. L'horreur que je ne croyais pas possible en Occident est chez moi, ce que je considère à juste titre chez moi.

Permettre à une presse débile et irresponsable — où sont partis nos poètes, nos aventuriers de l'espace terrien qui ont payé de leur vie d'autres tragédies ? — de jouer à la guéguerre, terrés dans un hôtel à Bagdad, en masque à gaz, quand les Palestiniens pouvaient tous crever. Leurs « Ah, la belle bleue, la belle rouge ! — avec les missiles irakiens. Ah, on l'a touchée. Ah, tant pis, elle a éclaté. » Personne n'a informé le monde des conséquences de ce malheur sur ce peuple banni par votre indifférence, votre connerie, votre cupidité. Comment osez-vous aujourd'hui pérorer de visu ?

Et puis, la fuite des Kurdes, rejetés de partout, sacrifiés, immolés par votre faute, et surtout celle des Américains.

Vous avez laissé pour tous, et surtout pour moi, le signe indélébile de votre médiocrité. Vous faites partie d'une des conséquences mondiales de notre perdition. Vous me faites horreur !

Bas les masques, disons plutôt bas les pattes ! Ne nous touchez plus ! Allez au Diable ! Vous vous entendrez sûrement avec lui, car vous ne pouvez guère faire autre chose.

16 mai 1992. Naissance de mon petit-fils.

Bienvenue, petit-fils du soleil levant, tel le messager sur son tapis volant. Quelles nouvelles, petitou, de là-bas derrière toi ?

Entre par la grande porte, celle du cœur, de l'émotion, du futur et de l'éternité.

Le premier regard que tu m'as jeté m'a troublée car il venait de si loin... Aide-moi à comprendre la signification de l'incompréhensible. Qui est qui ? Tu en as mis du temps à venir, mais qu'est-ce que le temps au regard de l'éternité ?

Tu étais si en retard que tu as voulu rattraper le temps perdu, tu as failli atterrir dans la voiture, on aurait eu l'air de quoi avec ta mère ?

« Patience et longueur de temps font mieux que force ni que rage. » Dixit je ne sais qui... La Fontaine, hein ?

Entre... mais n'oublie pas que tu es un vulgaire

terrien. Essuie tes pieds sur le paillasson, mouche ton nez et dis bonjour à la dame, en l'occurrence moi.

Viens (Shéhérazade), coquelicots rouges et bleus, conte-moi le désert, *Les Mille et Une Nuits,* le Bosphore...

Assieds-toi et babille-moi l'Histoire sainte, le Coran, et tutti quanti... et ces millions d'étoiles pulvérisées.

Tu es magnifique.

Tu es comme l'écriture...

Des pleins et des déliés.

20 mai 1992.

Allô, bureau de l'emploi, impasse Paradis. J'écoute. Vous cherchez une personne présentant bien. A quel usage ? Quel emploi ? Attendez s'il vous plaît...

Ho, Jeanine, où est Louis XIV en ce moment... ? Chez les Papous ? Quelle drôle d'idée !

Allô. Je regrette, il n'est pas libre. Je regarde dans mes dossiers. De disponible nous avons Jacques Cartier, Pasteur, Robespierre, Marie Curie, Molière, Jeanne d'Arc, Louise Michel, Madame de Maintenon, Madame Sans-Gêne. Très bien, marché conclu. Je les envoie à quelle adresse ? Sans perruque évidemment. Souliers vernis ou baskets autorisés.

Allô, bureau de l'emploi, j'écoute.

Vous désirez chercheurs, savants, physiciens. Là il y a un problème, nous n'avons personne de disponible, ils ne sont pas là en ce moment. Ils reviendront sûrement un jour s'ils ne sont pas repartis autre part. Ils ont beaucoup à faire. Inscrivez-vous, nous ferons part de votre demande. Vous ne cherchez pas plutôt des tourlourous, des rêveurs, des va-nu-pieds utopistes, des écrivains, des artistes, des étourdis ? On ne sait plus qu'en faire. Non. Je regrette.

Allô, bureau de l'emploi, impasse Paradis. J'écoute.

Hitler avec ou sans croix gammée, vous lui trouverez autre chose...

Attendez, je consulte l'agenda. Jeanine, où il est passé celui-là ? Il est revenu et reparti dare-dare. Il n'arrête pas de faire des aller et retour...

Oui, que voulez-vous, il est très prisé en ce moment. Néron ne peut pas faire l'affaire ? Vous dites, attendez je n'entends pas très bien... Pinochet, mais il est encore chez vous ma bonne dame. Entendu, d'accord. C'est cela... dès qu'il arrive, je vous l'expédie illico presto. Je lui ferai la commission.

Ouf ! Quel boulot ! Qu'est-ce qui se passe aujourd'hui ? Allez, hop, *not disturb*, pas libre. Bureau de l'emploi impasse Paradis kaput.

Viens Jeanine, on va déjeuner.

23 mai, Palerme, 1992.

Nouveau crime de la Mafia. Le juge Falcone assassiné.

Ça y est, ça bouge en Sicile, à Naples. La fureur gronde. Les jeunes et les moins jeunes tiennent le flambeau, il était temps. Je n'aurais jamais cru cela possible car les mafiosi ont jeté une telle menace sur le monde. Arrivera-t-on à supprimer cette verrue qui a englué et spolié le monde entier ?

Mai 1992.

En voiture de Lucca à Pise pour prendre l'avion de Paris. Je viens de tourner deux jours dans une production italienne. Titre du film : *Delitti private,* où j'incarne une voyante très occupée avec tous ses cadavres.

Je parlerai de tout cela plus tard, car tournant dix jours sur quatre mois, je ne vais pas arrêter de faire des aller et retour. Chouette pour moi. Je vais pouvoir écrire.

De conséquence, je pense à maman et à tous ceux que j'ai aimés là-haut, en transit perpétuel. Quel remue-ménage ! Oh ! Louis XVI. Oh merde, il a changé de costume. Sire machin. Majesté. Salut, Ciao. A tout à l'heure.

C'est le bureau de l'emploi. Ici, on ne chôme pas, mais on est... parti en mission en 1789. Il est déjà revenu mais reparti Dieu sait où dans quelle partie du globe. Vu le désordre de plus en plus grand, il ne va pas tarder à revenir. Méfions-nous. Les tyrans, les bourreaux reviennent aussi inexorablement. Le poète, le savant reviendra toujours éternellement.

L'énergie c'est cela. C'est la multitude, le changement de décor, de la baïonnette à la bombe atomique. On ne sait plus quoi inventer. Guerres ethniques, de religion, c'est quand même un monde. L'Irlande, le Liban, la Yougoslavie, l'Afrique, le monde entier, l'univers. Heureusement, la science, le progrès, les découvertes sont encore infinies. Mais notre planète s'use, la Terre en a marre. Résultats : catastrophes, séismes. C'est sa façon de se manifester, de crier sa colère. Dès que nous sommes plus de trois, c'est la bagarre.

Quelle drôle de chose que l'homme qui peut tout inventer, créer et détruire ce qu'il a fait. Moi je dis « si c'est pour refaire les mêmes conneries, autant rester là-haut ». Mais l'entité, la continuation demeurent. Le paradis, le pardon, la tolérance ne font pas partie de notre planète. Les utopistes passent pour les aliénés.

Maman disait « c'est la fin du monde ». C'était vrai. C'est évidemment la fin d'un monde. On meurt, mais la flamme, le désir d'avancer reviennent. On a accompli son destin comme on a pu, là où il n'y a pas trop de syndicats. C'est l'individualité, une force qui te fait inventer, créer, mais qui, hélas, te détruit inexorablement.

Mai 1992, tournage en Italie de la « Médium ».

On m'avait annoncé un rôle de « sensitive », mais sur le plateau pas plus de médium que de beurre en branche. Sur ces entrefaites, j'apprends, oh surprise, que médium se traduit par « sensitive ».

A chaque scène, je fais le chien d'arrêt nez en l'air, scrutant l'horizon sur une patte telle l'aigrette. J'aime cette appellation non contrôlée de la « Sensitive », qui veut bien dire ce que cela veut dire.

Il faut bien suivre le fil conducteur. La première fois, chez moi, je subodore une menace envers mon fils. La deuxième fois, longeant le fleuve en 2 CV, il fume avec la malheureuse Edwige Fenech, narines aiguisées. Il la porte sur l'endroit du crime. Sur le chemin boueux, une chaussure, dans l'eau croupie, une godasse plutôt bien ordinaire. Mais avec mon imagination et mon tarin, je rêve plutôt à Cendrillon et à sa pantoufle de vair.

Donc, course éperdue. Arrêt. Au niveau de la flaque d'eau, Edwige prend le godillot ou la galoche, le croquenot, et doit en gros plan murmurer de douleur « *è la sua scarpa* » (c'est sa tatane, sa savate). A ce moment, je devrais scruter les alentours, mais n'entendant pas la réplique, interdite, j'ose interférer en susurrant mélodiquement, comme une brebis : « *è la sua scarpa* ». Hurlement. Stop. Ce n'est pas à vous de parler. Excusez-moi, je n'ai pas entendu la réplique. Je suis médium peut-être, mais un peu sourde sûrement. De fait, j'ai vu le gros plan de la star, et le mot fatal, la charentaise, n'est jamais sorti. Qu'on en sorte de cette histoire de godasse. J'ai autre chose à faire dans la vie. J'en ai marre d'être suspendue dans le vide, sur une patte comme une aigrette.

Finalement, je n'ai jamais entendu la réponse. C'est son gros sabot. Mais *signora. Si chiama la sensitiva.* Ben voyons, comment n'y ai-je pas pensé plus tôt ?

Que d'histoires pour une chaussure ! La prochaine fois je dirai c'est pas la peine d'en faire un fromage.

La « Sensitive » est de retour. Il me plaît bien, ce surnom. Je crois que je vais le garder son gros sabot, sa grole.

Ah ! on rit bien au cinéma de temps en temps.

1992. Lucca.

Lucca, fleuron de la Luchésie et de la Toscane. Je suis encore là pour le téléfilm (bien sûr) italien. Je suis, paraît-il, la « Sensitiva ». A chaque apparition je fais le chien d'arrêt, je scrute nez au vent sur une patte l'endroit du délit. Bref, aujourd'hui j'ai repos et je suis allée dans une trattoria magnifique, de par sa gentillesse, son bon-vivre. Et ici, le temps n'est pas à l'affaire. Je voulais raconter plein de choses, mais je n'ai pas le courage. Ce serait déplacé car il y a urgence à exprimer ce que tout le monde ressent. Je n'ai pas le cœur à l'ouvrage. Cloîtrée, clouée dans ma belle chambre de l'hôtel Universo — ça tombe bien — je suis captive, prise en otage par une troupe de cinéma italienne. Je ne peux plus repartir comme à mon habitude vers mes horizons familiers, pas trop éloignés.

J'ai pu sortir de l'hôtel picorer par-ci, par-là. Télévision divine, Richard Widmark, Dana Reed, Orson Welles à tout moment. Finalement, c'est une sorte de paradis hollywoodien. Je pourrai retourner chez moi dans trois jours. Dans trois jours, la perme, la bleue. Je vais pouvoir pendant ces trois jours m'abstraire de ma planète, mettre l'écriteau « Partie, fermé pour transformation. Deuil. Accident ». Je deviens inaperçue, furtive, à l'écoute. Je suis en état de siège, les provisions pas trop, mais ce n'est pas grave. Je suis sûre que pendant des lustres je vais devoir interpréter cette abrutie de « Sensitiva ». Au secours Hermione, maréchal-ferrant. Délivrez-moi de cette stupidité que je vais devoir supporter qui sait combien de mois encore. Je demande pardon. Je serai sage, raisonnable, je ne péterai plus jamais plus haut que mon derrière. Promis. Juré. Laissez-moi revenir chez moi. Mon chat m'attend et miaule comme un damné. Il y a quatre jours encore je virevoltais faubourg Saint-Antoine. Dix jours de travail en quatre mois. C'est trop pour moi.

J'allume des feux, les Indiens me capteront peut-être.

Je suis là. Amenez l'ambulance, le tracteur. Je suis à l'hôtel Universo, chambre 56, à Lucca. Ma fenêtre est ouverte et je m'y entends en morse, *because* mes antécédents aux guides de France.

Tout n'est pas perdu. Cette fois-ci je suis bel et bien bouclée. Ça m'apprendra.

Hollywood m'attend. Je n'ai plus une seconde à vous donner. Je ne peux attendre plus longtemps.

1992. Tournage de la « Sensitive ».

Le temps des assistants munis de talkie-walkie. Rappelle-toi Pascal Jardin (à ses débuts) qui te suivait au radar. « Ah, elle est sortie de sa loge, elle approche, elle a le doigt dans le nez, passe à ta voisine, et l'autre perçoit cinq sur cinq. Elle enjambe le plateau, elle sera là dans deux secondes, à sa place. »

A quoi on joue là, aujourd'hui ? Impossible de communiquer. Tous mes copains, mes collègues, s'ils ne sont pas déjà morts, ne comprennent rien à l'affaire, à quoi on joue. C'est l'ère de l'assistanat imbécile, débile, qui ne sait pas de quoi il s'agit, qui donne des ordres. Tu n'es plus rien, qu'un zombie, plein de larmes pour faire ce qui était ta joie de vivre, ton évidence, et ta finalité.

1992. Toscane.

Catastrophe, je suis la femme-tronc avec ma jolie tenue de Sonia Rykiel composée d'une jupe et d'une tunique un peu plus courte gris perle. Horreur, le tissu de la jupe si léger a glissé et est resté à Paris, et la jupe est dans ma penderie. Je ne peux tout de même pas mettre un hussard à plumet, bas noirs, escarpins et descendre l'escalier comme au Lido.

J'ai coupé la toilette en deux. Veste et pantalon. A Paris, je mettrai, si jamais j'oublie le haut — rien ne me décourage —, la jupe prometteuse et un corsage d'organdi. Frissonnante malgré les flonflons de la fête, en imperméable et en turban.

Lundi 8 juin 1992, dans la matinée.

Une fois n'est pas coutume. J'écris chez moi, seule. Juste le chat, lové sur mes jambes, bat la mesure du temps qui passe.

Le silence... bien quelquefois pour ne pas dire toujours. L'attente, l'impression que quelque chose va s'atténuer, changer, s'améliorer. Oui, je me sens bien, à l'heure, et curieuse de voir cette fameuse route se décanter, de sentir de très près toutes ces émotions qui me perturbent. Oui, la ligne droite est là, sans trucage, immaculée, évidente. Tout devient simple, n'est-ce pas ?

La fenêtre de la chambre de maman est toujours là, comme un miroir sans tain. Elle m'attire, m'émotionne et me détermine. Tu es toujours là, derrière ces rideaux, dans mes yeux, dans mes fibres. Après chaque absence, voyage, aller et retour, je cours à ta fenêtre en face de la mienne et je regarde sur cet écran vide le cinéma de ma vie, le témoignage de toutes mes émotions. C'est magique !

Cette fenêtre est en somme une ouverture sur mon passé, la certitude que je n'ai pas rêvé. Je te revois selon la lumière, derrière la jardinière me crier ma jolie, ma lolotte, qu'est-ce qu'on fait à manger aujourd'hui, ou te surprendre à la dérobée, assise sur la chaise, immobile, comme habitée par une attente, un frisson, un secret, et ton sursaut quand tu m'aperçois de l'autre côté. Ton sourire, ta joie, comme une bonne farce, et de revenir à nous par ta présence, ta chaleur et ta malice. Tu me manques.

Aujourd'hui je sais que la vie passée ou à venir, le pôle de tout projet ou direction, est à la fenêtre d'en face.

C'est mieux que d'aller à l'église. J'ai fait pendant trente ans du porte-à-porte de Rome à Paris. Je vis maintenant, accomplie, heureuse de fenêtre à fenêtre. Ma source est là devant moi, pleine de giroflées et de glycines. Tu es toujours là, maman, comme à Naples où les ménagères caquettent à tout propos : passe-moi le sel, l'énergie, le bon-vivre, parfois à l'aide du panier au bout de la ficelle — comme en prison — qui apporte toutes les solutions.

Derrière ta fenêtre baignée par la pluie, ou la

lune, je te devine encore plus derrière les carreaux. Tu es la lumière sur l'autel qui me guide et m'attend...

Fermons maintenant les rideaux, juste un rai de lumière, pour se dire que rien n'est terminé, et qui sait, que tout reviendra.

Humer l'air frais et les brindilles. Je cours, je cours et l'essentiel est là. Chez moi, chez toi, chez nous. Je t'aime.

Juin 1992. Dans mon jardin en terrasse.

L'année dernière j'ai cueilli quatre abricots. Cette année 92, tu vois il ne faut pas désespérer, le cerisier sauvage ou merisier, on ne sait pas trop, a fait deux cerises, mais beaucoup de fleurs. Les autres, ce sont les oiseaux, les impondérables, c'est la vie. Mais celui-là, je le tiens maintenant, il a pondu.

Contre le néant et la destruction, je propose le cerisier, l'abricotier. Créer la vie, repriser les chaussettes, laver le joli pull de laine, regarder ailleurs, le soleil, la lune surtout qui me caresse.

Le dérisoire est plus difficile à gouverner que la nécessité vitale, douloureuse. Le désespoir, pas de solutions. Le désespoir on s'en fout. Ah ! mon Dieu, que c'est triste.

Légumes pris ou achetés avec impertinence. Joli cœur d'artichaut. Brindilles de persil. Roucoulades de fruits rouges. Liberté, liberté chérie. Touffes de radis, céleris. Après on fait à sa guise. Entremets, salsifis, la digue dondaine. Plain-pied, avec la betterave. Tendre et sucrée betterave. Epoussetage de brimborions. Lessivage de la moquette. Air pur, Airwick, Air France. Tout est super. Bouffées de chaleur, ivresse, plus de coups de téléphone à donner, je suis dans le rail. Rideaux de dentelle. Soleil qui filtre au travers, trouées de soleil. Immensité, longueur d'ondes, de la place pour virevolter. Crescendo en douceur. Respiration. Cœur battant. Tout doux, tout doux. On arrive petit papillon, la source est là et bien là. Polissonneries de vague à l'âme. Retour des mots inusités, et si précis et merveilleux qui prouvent que l'on ne se prend pas au sérieux, mais que l'on goûte intensément. Goûtons en gloutons. Cette source infinie du bonheur s'infiltrant dans la cheminée, sous la porte, par le cadenas, dans la boîte aux lettres, les points de suspension...

Mais le reste... Tant d'émissions, de discours, billevesées, que de temps perdu, d'attente infinie, alors que la clé est là. Tant de frou-frou, de tralala, pour en arriver là !

Juin 1992, en tournage en Italie.

On veut faire tout beau, tout propre.

Méfiance.

L'uniformité est le début du cataclysme. Le respect des races, des cultures, est primordial.

Arabie perdue pour nous.

Plus de voyages éducatifs, plus de réconfort.

Nous devenons stériles, alors que l'essor est dans l'individualité, le retour aux sources, et encore la découverte.

L'homme est libre d'exister comme il l'entend.

Cessez cette course perpétuelle aux obstacles. Vous n'êtes pas capables de refaire le monde. Laissez les coins exotiques, la musique, l'éclat, l'échappatoire, la survie, l'impalpable...

Que chacun garde son entité, son patrimoine, ses croyances, sa culture.

Vous voulez banaliser des peuples divers qui se

trouvent aujourd'hui bafoués. Ne les désaxez plus. Ces hommes torturés crient d'horreur.

Et que faites-vous pour eux ?

Quelle est donc cette paralysie implacable, immuable, devant de telles monstruosités ?

Qu'est-il arrivé dans le cœur, dans les fibres de ceux qui dirigent et tiennent les rênes ?

Juin 1992. Colère des agriculteurs.

Et vous, cultivateurs que je défendais ? Vous brûlez en place publique les moutons arrivés de je ne sais où, nos belles récoltes, pour protester. Vous êtes ignobles vous aussi. Le monde crève de faim et vous ne pensez qu'à vos problèmes, votre syndicat. De l'air. Cause humanitaire d'urgence... Faites le premier pas, c'est la porte à côté, suivez la flèche.

Juin 1992. Sarajevo assiégée, pilonnée.

Long vous avez le bras quand vous le voulez. Foutaise votre Europe. Sauvez les Koweïtiens, des gros pleins de soupe au pétrole. Pour Sarajevo personne ne bouge. Vous êtes immondes. Cela se passe au cœur de l'Europe, la porte à côté. Maastricht. Cessez vos parlotes oiseuses. On recommence le mur de Berlin. Ne refaites pas le Liban qui n'est toujours pas terminé. Israël, la Palestine.

Bosnie... C'est là qu'il faut envoyer l'armée et faire taire les opprimeurs. Où sont passés les hirondelles, la Croix-Rouge, l'Otan, l'Unesco ? SOS-Merde, ils se sont tous barrés.

Vous n'allez pas me dire que vous ne pouvez rien faire.

Les Français sont scandalisés, outrés, démoralisés.

Rien n'avance, tout régresse.

Les « Affaires » à tout propos.

Les gosses arabes tués à bout portant par des citoyens fascistes.

Une inégalité de droit indéniable.

Et votre course à l'avancement. La conférence au sommet, quelle blague, quelle ironie.

Quel sommet ? Celui de l'ignominie, de votre inertie latente bouffie de bons déjeuners, aux frais des bons couillons de la planète que nous sommes.

Ouf, on a 41 % des voix.

Passez-moi le sucre.

Juin 1992.

Le passé décomposé du passé.

Que tu sois soviétique, chinois ou gascon, pour les cours civiques, d'humanités humanitaires et sanitaires, vous pouvez repasser. Les bienfaiteurs sont toujours de notre côté, l'addition est là à tout propos. Inondations... au secours, catastrophe écologique (naturellement), passons la monnaie et que ça saute. Méfiez-vous, cela va sauter pour de bon. Gros boum. Attention les yeux de droite, de gauche et de travers, du pareil au même, comme à l'école dans la classe. Au coin, vous me réviserez votre Code civil, les Droits de l'homme, la règle de trois, les abécédaires, l'addition que, pour une fois, vous paierez. C'est la moindre des choses. A vos marques, prêts, partez. Attention à la marche de l'escalier en sortant.

Juillet 1992, aéroport.

Nous venons de vivre une situation extraordinaire. Le cinéma ne fait pas mieux, *Y a-t-il un pilote dans l'avion ?* n'était que roupie de sansonnet.

Donc, à l'aube, aéroport Olbia, Rome-Paris. Notre avion commence à bouger soudain, fait une incartade, demi-tour à droite, à gauche, envolée, et revient à son point de départ. Brouhaha. Un jeune homme porté dans les bras et transporté illico presto dans la cabine personnel PS — à terre, qui ne vole pas. Un mécanicien, en estafette, avec une prise électrique monte, descend et disparaît. Décoré, galonné, beau comme un soleil. Boutons dorés. On ne peut savoir ni déterminer s'il est pilote, standard, PNC. Peut-être passait-il là par hasard. Alors, que se passe-t-il, demandons-nous en chœur ? Absolument rien, un problème de cale. Débrouillez-vous avec ça, et le jeté battu, entrechat et pirouette disparaît lui aussi à son point de départ.

Un logarithme algébrique inexplicable avec ces composantes-là :

PNT — personnel navigant technique.
PNC — personnel navigant commercial
PS — personnel au sol et qu'il y reste.
Personnel de piste — CQFD-PP.

On a ordre de se taire, mais éventuellement de lui dire salut vieille branche, tu as une belle cravate.

Finissons là, nous étions très en avance, maintenant on est carrément à la bourre.

Essoufflés, dare-dare en transit, pour reprendre le copain Alitalia chef d'escale, en espérant qu'il sera indulgent et ne nous tirera pas les oreilles.

En raison des conditions météo désastreuses, la DC-9 d'Alitalia s'est crashé dans le réseau routier.

Plus d'avion.

Plus de pilote.

Plus d'équipage.

Qu'à cela ne tienne, la réserve est toujours debout.

Une brigade d'aviateurs en casquette et béret basque surgit sur la passerelle, prête pour l'embarquement en voiture.

Juillet 1992. Barrages des routiers.

D'accord, messieurs les routiers, vous avez de bonnes raisons, mais il ne faut pas oublier que la plupart des accidents très graves, vous en êtes responsables. D'accord, c'est pas vous, c'est le voisin, mais c'est du pareil au même.

Vous prenez trop de place et vous vous prenez pour Fangio : des files de vos camions, tête à queue, impossible de doubler, mais ça ne vous gratte pas.

Dans le cockpit, le neveu du copilote est bloqué dans le tunnel du Grand-Saint-Bernard. Donc oncle et neveu se croisent, l'un au-dessus portant ses passagers et l'autre en bas qui tente de décharger ses vaches. Blocus général. Sens interdits de toute part... Il aurait dû prendre l'avion comme nous, avec son colis de victuailles. On aurait fait connaissance.

Alors vous les routiers, vous allez faire dodo cinq minutes, parce que moi je voudrais la paix avec ou sans six trous. Moi, j'ai été polie avec vous, maintenant je vais vous dire une bonne chose : vous êtes des benêts, des ânes bâtés. Nous sommes dans l'embouteillage aussi bien vous que nous.

Si on continue comme cela, on n'est pas sortis de la carlingue, de la fourgonnette, de votre tracteur, de votre poids lourd qui va vous engloutir car c'est un alezan. Il veut la liberté, route vide. Son cœur sans fantaisie. Vous me faites penser aux mecs qui se coupent les couilles pour punir leurs femmes. Si tu continues, ton camion va se barrer ailleurs et te laissera en plan, on t'accrochera à l'arrière et te fera faire un petit tour dont tu risques de ne plus sortir vivant à force de jouer les cons. Alors mets tes phares en code, baisse un peu le ton et tes abat-jour et tire-toi. Tu prétends intéresser le monde qui s'écroule et voudrait bien un routier ou un pilote pour lui apporter le réconfort. Si tu bloques les issues, nous allons mourir sur place. Un peu d'indulgence, un peu moins de syndicat. Salut connard et va à la campagne regarder, comme les vaches, passer les trains.

Routier, t'aurais pas par hasard un cousin de Bretagne à la SNCF et un défroqué à la RATP et un arrière-petit-neveu chez les aiguilleurs du ciel ?

Faites donc une bonne chose, dressez la table devant le bon feu de cheminée et restez-y.

Si ça vous ennuie de travailler, parlons franchement. C'est ça, j'ai compris, vous voulez vous la couler douce.

Je vous propose de vous réunir entre abrutis. Jouez à colin-maillard, au chat et à la souris, au jeu de l'oie, des familles, et cours après moi que je t'attrape.

14 juillet 1992.

La revue du 14 Juillet, pas celle des Champs-Elysées, banale, mais sur la terrasse, et on les voit arriver ces avions, légers, bombardiers (plus agréables à voir qu'en Normandie en 1944), hélicoptères, tout ça pour nous, sans se faire de bile, un pied encore dans la cuisine, ou sous le drap frais du lit. C'est beau un avion qui passe, tu l'admires encore plus, tu te dis : j'aimerais bien être dedans pour voir tout mon Paris. Ils sont élégants en costume de cérémonie, c'est comme un tableau pris sur le vif. A peine la T.V. annonçait-elle leur arrivée sur les Champs, ils étaient déjà là, avant que le speaker ait fini sa phrase.

Les voilà, ils arrivent, tous ces bolides, poissons volants irréels, virevoltants.

Oui, maman, je suis encore tout au fond de toi, je suis et ai toujours été une petite fille déguisée en adulte, en femme forte. Je sais, on t'en fout plein la gueule de chagrin, de tourmente et lorsqu'un événement important, magnifique, survient, on t'élimine pour t'empêcher de le voir, le goûter, soi-disant pour te protéger d'une émotion trop forte.

Alors que tu étais forte pour tout.

Oui, ce jour-là, 4 juillet 1962, Independance Day. A Rome naissait Giulia. On t'a refusé ta joie de vivre, ton art, ta vocation. On t'a laissée, toi l'étrangère, à la porte de la salle d'accouchement. Etant endormie, dans les vapeurs, je n'en ai rien su.

J'ai essayé depuis de minimiser l'événement, mais la blessure était là...

C'est pourquoi j'ai décidé que Giulia mettrait au monde son bébé à Baudelocque, antre de jeunesse, de travail de maman.

Ainsi, elle a pu mettre au monde Giulia et sa petite Lola vingt-trois années plus loin. Je l'ai désiré en son honneur, pour rétablir et renouer ce lien sacré et la faire renaître elle aussi.

Lola est née le 14 juillet 1985. Décidément, j'ai deux révolutionnaires.

Émue, bouleversée sous son petit turban, en imperméable dans l'embrasure de la porte, une trousse à la main, — ayant peur des courants d'air un 14 juillet dans l'après-midi —, madame vous pouvez entrer. Je ne l'ai pas vue partir.

Après quelques instants, j'ai furtivement entrouvert la porte et pris une photo. Giulia délivrée, Lola suspendue et maman ressuscitée son bonnichon tout en désordre, belle, belle ! regardant vers le ciel, embué, de trapézistes volants portant la bonne nouvelle à tout l'univers et présentant tout là-haut Lola son énième et ultime virgule.

Alors, rendez-vous sur la terrasse, au garde-à-vous. Minute de silence parmi les lauriers roses et blancs. La fenêtre entrouverte par respect pour l'unique, l'irremplaçable — maman que j'ai si bien connue.

Juillet 1992.

Les entrailles de maman, alias la caverne d'Ali Baba — où je ne cesse d'être émerveillée, tout est là — l'école des Pyrénées. Sortie du Conservatoire, le Français. Tous mes programmes, ma Légion d'honneur, bien cachée (elle aurait bien aimé que je me fasse décorer enfin), des lettres de Cocteau quand j'avais tous les âges, mes toilettes que je croyais volées, ou perdues, sont toutes au rendez-vous, dans son armoire.

Des lettres, de moi, d'elle, de Los Angeles, de Renato, elle m'a complètement volée. Comme elle a eu raison ! Je range tout le fouillis pas en fouillis du tout d'ailleurs. Sa méticulosité, ses secrets, sa déchirure, son inattendu, des photos découvertes, prises avec impudeur, ci et là. Son sourire, son inquiétude.

Femme sage-femme, cela veut tout dire.

Son *Journal* jeté en ma pâture. Sa sagesse, sa beauté, je m'aperçois que je lui ai toujours ressemblé.

Il y a encore à fouiller, c'est un trésor miraculeux que je croque petit à petit. Je ne veux pas aller trop vite, c'est bon de saliver, de reprendre le fil de mes découvertes.

Je serai comme elle, le jour de ma mort. Je crois maintenant que je n'ai plus peur de mourir. Puisqu'elle l'a fait, je pourrai bien le faire aussi.

Quelle sécurité, elle prépare ma nouvelle demeure. Il n'y aura plus à parler, rien que se regarder, se respirer, se toucher du bout des larmes. Ma vie : je sens ta présence à tout moment. Soit par un déplacement d'air, soit par mon chat tout ébouriffé, la queue hérissée comme celle d'un écureuil, le regard qu'il me jette, il fait le gros dos et marche sur la pointe de ses pattes comme un petit rat de l'Opéra. Ou comme un crabe que j'ai vu une fois sur la plage de Djibouti. Son miaulement, le regard vers le haut. Sa crainte de la voir là.

Et je lui dis : ne t'en fais pas, c'est maman. Tu as eu de la chance de l'apercevoir, mais moi j'ai le plus beau, je la sens, elle est là, elle n'est pas fâchée, elle me protège.

Je reste immobile, on converse, on roucoule — chut, que dis-tu ? Plus fort, je ne t'entends pas.

Je retiens ma respiration, et puis c'est fini.

Le chat se love d'amour devant moi et entame la danse des sept voiles en vue du prochain fricot. On entend une porte invisible cliqueter, la vie continue.

Juillet 1992.

A Sa Sainteté le pape Jean-Paul. Depuis que le monde est monde, l'Eglise a eu sa part prépondérante dans la politique, qu'elle a toujours d'ailleurs.

Au nom du Seigneur de l'humanité, il nous faut autre chose que des prières et des bénédictions jetées par-ci, par-là et il y a urgence à vous manifester autrement qu'à votre balcon.

Car vos ouailles ne vont pas tarder à changer de direction. Il y va de la survie de notre Terre planète.

Vous en avez les moyens. Tous ces présents nichés à la basilique Saint-Pierre, que l'on peut admirer derrière chaque pilier, donnez-les, offrez-les aux sans-logis, aux apatrides, aux hommes miséreux, aux aides humanitaires, aux recherches, à la science, à l'urgence imminente de notre survie.

Ouvrez un peu plus l'escarcelle, les écoutilles et derechef les esgourdes.

Capitonné dans votre palais des *Mille et Une Nuits,* où tout y est tamisé, feutré, vous n'entendez rien.

Moi je ne pourrais pas vivre à votre place. Je pense que c'est déjà une punition, vous êtes pris dans un carcan dont vous ne pouvez sortir et où un autre pape viendra se loger.

Conclusion de tout cela : l'inutilité, la stérilité de votre fonction, un pape muselé, avec itinéraire fléché. Sortez de vos gonds et aussi les autres qui vous succéderont.

Prouvez-nous que vous êtes presque Dieu, car dans toute cette horreur il n'y a plus que lui pour nous sauver. Vos prières en circuit fermé ne sortent pas de l'ombre.

Moi je dis que votre fonction est vaine, inutile, votre croyance pour l'irréel est désuète et n'a plus sa place aujourd'hui dans le monde.

Nous entrons dans le XXIe siècle, larguez les amarres, il est encore temps.

Laissez de côté la bonne fée Brocéliande, dans son beau livre d'images.

Créez d'autres images, un autre espoir, donnez

aux hommes une autre écoute, un parfum qui est celui du cœur.

Donnez, donnez.

Votre savoir, votre générosité personnelle et individuelle. Essayez de changer le cours de votre palais rigide, austère, qui vit depuis des siècles sur ses trésors enfouis, confinés, fanés.

Vous êtes emmuré dans votre geôle dorée. De temps en temps la promenade non quotidienne à votre balcon, où vous ne pouvez rien dire puisque vos geôliers sont là comme des vampires qui vous mangeront comme tous vos prédécesseurs.

J'ai idée qu'un jour très prochain on prendra le Vatican comme on a pris la Bastille.

Mais nous vous délivrerons, nous vous apprendrons la douceur de vivre, malgré tout. Vous jetterez des yeux neufs sur la misère, sur tous ces enfants torturés, condamnés.

Foule humaine perdue, égarée par tant d'injustice, de violence et d'inhumanité.

Venez, Votre Sainteté, il y a encore beaucoup de douleur à traverser, mais il reste toujours un vent prochain plein d'écume et d'embruns !

Faites l'école buissonnière.

Août 1992.

Si la reine Elisabeth maman suit les traces de la grand-mère douairière, le Charles n'est pas prêt de monter sur le trône. Ou alors quand il sera bien barbichu, bien vieilli et foutu.

Et puis ils sont Anglo-Saxons, et nous, nous sommes latins.

L'Italie ? Bien mal en point. Un pays dominé par la Mafia ne peut être incorporé dans la nouvelle famille.

La Suède ? Là-bas, ils font des bains dans l'eau glacée à longueur de saison.

La Yougoslavie ? Il n'y a plus de Yougoslavie. Elle a disparu de l'Atlas. Le téléphone ne répond plus.

La Grèce ? Bien loin où il fait si beau, où l'Orient te fait les doux yeux.

L'Allemagne ? Ça ne va pas mieux. Je suis allée à Berlin pour le festival et le maire a dit qu'il faudrait plus de dix ans pour pouvoir rétablir ce pays.

Heureusement l'Espagne reverdit. Ah oui, quel peuple riche d'intelligence, d'humanité, de talent ! L'Europe ne peut être seulement franco-hispanique.

Quel retour de flamme !

Juan Carlos, quelle belle personne !

Seul pays constructif possible. Les autres sont de bien piètres partenaires.

La Belgique a d'autres chats à fouetter ! Qu'elle résolve déjà et concilie Flamands et Wallons — qui est, à ce qu'il me semble, infaisable. Alors ? Alors, pauvres de nous.

Le Luxembourg ? Tout allemand, tout industriel, tout Banco di Santo Spirito.

Je suis allée à Willtrup, ville encore française, pour un festival.

Toutes les usines, les monuments, les lieux pittoresques sont depuis bien longtemps passés de l'autre côté.

Il ne reste que quelques vestiges inutiles, oiseux.

De la crotte, quoi !

Ah si, le cinéma, qui est en même temps restaurant, pharmacie, poste, garage.

Alors, alors, en attendant un mieux qui ne

viendra jamais, essayons d'exister nous-mêmes par nous-mêmes. Ne nous en prenons à personne, reprenons notre bon goût, notre talent du temps du Roi-Soleil.

Portons haut la culotte, que l'on baisse régulièrement depuis, hélas, bien longtemps. Par chance notre pays possède des richesses de par son sol, sa culture, son esprit, sa diversité, sa table, les vins, les bons crus, les fromages, champagne, ortolans, maîtres queux, sa littérature, ses peintres.

Restons comme nous sommes. Petit pays bien dodu et caressant. Ne nous mélangeons pas au mauvais goût, à plus de goût exactement.

Devenons Suisses, ils ne s'en portent pas plus mal... Mais j'ai ouï dire qu'ils en avaient marre de leur neutralité, ils ont envie de changer d'air.

Lutter contre les Américains, mais nous n'avons pas cessé de faire le contraire. On s'est vendu, l'industrie, le pétrole, le cinéma, on n'a plus rien. Nous n'avons pas arrêté de baisser pavillon — pour ne pas dire pantalon.

Renaissons de nos cendres. Redevenons incopiables dans l'esprit, l'humour, la sagesse, le bon goût de la table, de notre patrimoine, de notre architecture, de notre Paris inimitable fait de petits recoins.

Nous sommes les seuls à posséder une telle richesse. Gardons-la précieusement, ne l'altérons plus. Reprenons au commencement, rétablissons l'artisanat, les petits commerces. Un paradis en quelque sorte. Pas difficile à faire. Pour montrer que la vie ne se fait pas à coups de canon, de constructions anarchiques, de masses, de pouvoir.

Notre richesse est là.

A nous d'en profiter.

24 septembre 1992.
Après les inondations à Vaison-la-Romaine.

Nous ne pouvons pas, ne devons pas détruire le rythme cosmique de l'univers.

L'homme n'est rien ou pas grand-chose sur terre... Mais il se permet de détruire la nature, la faune, la flore, construit des immondices en béton et en Duralumin, pollue nos rivières, la mer, l'océan, extermine des milliers de poissons, les molécules, tout embryon de vie pour faire place à son caprice, à son exigence.

Il élimine le rêveur, tout ce qui n'est pas dans sa tête, tout ce qui n'est pas de la même couleur, de la même origine.

N'éprouve ni pitié ni respect, bâtit des ponts qui s'écroulent quand les Romains, il y a bien longtemps, avaient trouvé la solution.

Erige des barrages qui ont englouti l'humanité.

Fait la guéguerre pour du pétrole qui ne remplira jamais ses bidons.

En Yougoslavie, pas de pétrole, pas de pognon, pas de pardon.

Désordre en Afrique.

Misère mondiale, déstabilité du monde, des peuples, des ethnies qui n'ont plus rien, ni guide ni une main pour s'accrocher.

Homme, tu as détruit le rythme, la cadence, tout désir, l'innocence, la gouaille de toute l'humanité, la pulsation du monde.

Ton cœur se refroidit.

Nous avons assez de catastrophes naturelles, n'en n'ajoute plus avec tes pétards mouillés, tes sabres aiguisés plantés en permanence dans le cœur d'un peuple, ses rêves, son espoir, tes constructions hideuses, tes démolitions journalières. Ah ! ça fait du bien, hein, ça fait gros boumboum et tu mets quoi à la place ? Du vide, pire, du rien infécond, désert, plein de courants d'air, pendant que des cohortes de réfugiés, pieds nus, cherchent désespérément les petits cailloux semés par le Petit Poucet... Un logis, un toit, un trou dans la terre pour s'abriter, sous les arbres coupés, tronçonnés, sans secours.

Ils continueront jusqu'à leur dernier souffle, sans une larme. Car il n'y a plus d'eau.

Tous doivent être responsables, investis, et non pas des aides qui s'en foutent, le pilote et ses passagers. Aujourd'hui, tout devient dangereux. Dans une usine atomique, le non-savoir et le manque de personnalité. On est sur le feu. On est tous responsables de l'impondérable. Il faut être prudent. Donner une responsabilité peut-être à tous. Il y aura moins de conneries de faites.

Septembre 1992. Père-Lachaise.

Je franchis le seuil du cimetière du Père-Lachaise. J'ai rendez-vous avec ma petite mère. Un besoin impérieux de sa présence, là, tout près d'elle.

Monsieur, s'il vous plaît, je peux avoir un arrosoir ? Un jeune gardien me regarde, étrangement. « Vous êtes toujours chez Art Média, votre agent est bien Serge Rousseau ? — Oui. — Je lui ai envoyé un scénario, il ne m'a pas répondu. — Oh ! »

Ou bien : « Annie, il faut que je te voie absolument. Viens déjeuner avec ta fille et la petite. J'ai un projet que j'ai proposé à Chirac, dont je dois te parler. Des pissotières pour chiens dans toute la rue de Rivoli, avec fontaines, etc. Je crois que cela va marcher. »

Ou : « Je dirais à votre frère qu'il pourrait laver votre voiture. »

Une autre fois, en sortant, je trouve la porte close, une animosité flotte, un danger imminent quelque part. Passez par l'autre porte. Ici, personne ne sort, personne ne rentre. On attend les Morissoniens. C'était l'anniversaire de la mort de Jim Morisson. De fait, le soir, ils ont brûlé la porte, fait un scandale, et le cimetière a été fermé pendant deux jours.

Un monde fou, des petites voitures pour promeneurs, des jeunes amoureux au coin d'une tombe ou sur un banc, il y en a même à côté de maman qui cassent la croûte par terre. C'est joyeux. On y rencontre le Tout-Paris, c'est le dernier endroit où l'on cause.

Des marcheurs, des promeneurs, des adhérents qui, m'apercevant avec mes deux arrosoirs, s'arrêtent statufiés, bouche extraordinairement béante. Je pourrais m'y précipiter avec des Ah, Hi, Ho, Hue. J'ajoute des H pour que vous compreniez bien, et puis c'est plus joli.

Mon frère a été piqué par l'abeille floraline. Conclusion, je dois arroser quatre tombes, sans compter d'autres par-ci, par-là. C'est lourd deux arrosoirs de dix litres, vu les aller et retour. Je n'ai que deux mains. Je déverse au moins quatre-vingt-dix litres d'eau, et par grande chaleur, en plus.

Oui, mon frère passe l'été sur un bateau. Je n'ose pas leur refuser cette source que je leur offre et qui leur fait tant de bien.

Il y a Charlotte, à côté, monsieur Dimanche, famille, le chat. Le teinturier, et Jeannot fait valdinguer des plantes d'une tombe à l'autre — à satiété — de Charlotte à la famille Lequeux-Bossu.

Qu'est-ce qu'on fait de ce pot de fleurs ? Dare-dare chez Louis Octave Bossu, colonel d'artillerie, commandeur de la Légion d'honneur, chevalier de l'ordre de Pie IX, mort en 1879. Ces géraniums — chez Auguste Trognon, mort dans la paix du Seigneur le 27 décembre 1873 à Paris. Ah, on oubliait : Laure-Henriette Lequeux, veuve du colonel Octave Bossu. Zut ! Et la baronne Dard, née Lequeux-Bossu ?

Passe-moi la pelle. Mais où sont les hortensias de maman ? Chez famille le chat. A la place, j'y ai mis des azalées.

Jeannot, où en sommes-nous exactement ? Je dois prendre mes dispositions pour l'été prochain. On en est à combien de tombes aujourd'hui, 27 septembre 1992. Eh bien, toute l'allée. Pas cette tombe-là, mais deux autres derrière. Eh bien, douze. Bon, j'y pourvoirai au moment opportun. Mais d'ici l'été prochain, je pense qu'il me faudra faire venir derechef l'arroseuse municipale.

Dorénavant, nous n'allons plus au cimetière, mais aux champs, armés d'arrosoirs, brouettes, binettes, sécateurs Poussière, branches d'arbre jonchant l'allée sont expédiées illico presto dans le dépotoir, plus loin près de la pompe. Tiens, il me semble apercevoir un joufflu, un peu maigrichu. Celui d'une habituée fidèle qui s'occupe de tout. Elle est penchée dangereusement pour mettre les gougouttes dans les yeux du chatchat, blanc de surcroît.

« L'autre jour, me dit-elle, j'ai été chez Balzac.

— ... Lui faire son ménage ?

— Non, pour chercher celui-ci, mon gros matou, et j'ai vu un homme chiper une statuette et la mettre dans un grand sac. Ce monsieur qui passe, c'est le guide, c'est lui qui fait les plans du cimetière. Il prend cinquante francs par personne pour une visite d'une heure, et il ne fait que trois quarts d'heure, vous savez.

« Oh, et puis je suis fatiguée. Je n'ai plus la force de frotter ma pierre. J'ai trouvé la solution. J'ai mis du plastique sur ma tombe, avec du sparadrap. C'est pratique, et c'est coquet. Quel travail ! »

En passant devant une tombe ou ce qu'il en reste, avec une porte en fer forgé entrebâillée, Jeannot me glisse en douce : « J'ai envie de faire

faire une clé, comme cela je pourrai mettre au secret l'arrosoir, les bonbonnes multiples, bidons, bouteilles en plastique, sans oublier le râteau et la balayette. » Puis terrorisé : « Tu ne vas pas écrire cela, c'est défendu tu sais. »

Pardon Jeannot.

Mais madame au joufflu maigrichu nous l'a rappelé tout à l'heure. Tu poses un galet, trois minutes après, disparu. Statuettes, bonbons fondants, vases et cacahuètes, envolés, pour toujours.

J'ai oublié de vous dire. L'autre jour, un monsieur est sorti avec un pot de fleurs. Volé, pas volé, il a été pris à parti par un gardien, un grand Noir, qui ne voulait pas le laisser passer. Eh bien, le monsieur l'a traité de cocu. Il n'était pas content, le gardien.

Et puis, il y a la cloche qui rappelle ses ouailles, ou ses écoliers boutonneux, marquant la fin de la récréation, de l'évasion, de l'horticulture et on rentre à la maison fourbus pour continuer dans la cité notre boulot quotidien, nos obligations, le retour à la vie ordinaire, quotidienne qui est bien loin de toute cette poésie désuète, mais vivante finalement. Oui, c'est le contraire. Vous voulez que je vous dise, entre ces murs clos, ces portes gardiennées, contrôlées, exploitées, c'est le paradis. Ici, nous sommes pardonnés, fêtés.

Une joie dans mon corps, mon esprit, à tout

jamais la connivence, la complicité avec maman, si coquine, si rare, qui me donne le pardon, le ressort de continuer au-delà des murs de monsieur Père-Lachaise. La force d'exister, d'être à l'heure à tous les rendez-vous de l'honneur, de la politesse et le courage d'affronter journellement nos tâches civiques ordinaires, péremptoires, idiotes, sans aucun bon sens, aucune humanité, mais un immense mauvais goût, de mauvais essor, de platitude, qui font perdre l'appétit, l'envie de vivre.

Je sais aujourd'hui que la prison n'est pas où l'on pense. L'enfer sera toujours là sur terre.

J'ai trouvé le paradis. Oui, il existe. Il est là du soir au matin, aux heures ouvrables, dans le XXe arrondissement, XXe siècle, près du mur des Fédérés, aux flancs de ma villa Godin, agrippée comme une folle à sa continuité.

XXe arrondissement.

XXe siècle.

Réplique chipée à Jean-Loup Dabadie, dans sa pièce *La Famille écarlate,* que je joue en ce moment en province. Et toc. Ça lui apprendra. Oui, je reviens à mon vingtième arrondissement, XXe siècle. Je récidive, persiste et signe. Pardon Jean-Loup, mais elle est trop belle, et elle tintinnabule si gaiement !

Septembre 1992.

J'ai fait des sottises, commis bien des maladresses, c'est vrai, par inadvertance, par étourderie, par manque de jugeote, parfois parce qu'il me faisait mal quelque part, tout au fond de moi. Qui le sait ?

Ou au contraire, une joie bouillonnante, inconsciente qui, hélas, peut blesser sans le faire exprès. Tout cela quoi, oui, tout ça...

Octobre 1992. Fête à Neu-Neu.

Il y a quelques jours, je suis allée avec plein de gamines et de gamins à la fête à Neu-Neu au bois de Boulogne. J'y étais invitée pour en être la marraine et j'y ai rencontré toute une famille. La famille des forains, qui distribue de la joie, du bonheur pour petits et grands.

Quelle simplicité, quelle gentillesse ! J'ai donné le bras à la cracheuse de feu, je suis montée sur les chevaux de bois qui montaient et puis redescendaient.

Oh, le tape-cul ! Je croyais que c'était interdit. Oui, en effet, nous sommes les seuls à pouvoir aujourd'hui les faire fonctionner. Le grand huit, les montagnes russes, la grande roue, les roulottes tapies tout derrière, la barbe à papa !

Je mords dedans, je m'accroche au sucre, à toutes ces barbes de ma jeunesse, nez enfoui dans la vanille, à mes étourderies de petite fille, qui chasse au plus haut, au plus vertigineux. Je m'enfouis dans ce magma rose bonbon, l'assiette au beurre, la poupée gagnée au stand, pareille à celle que l'on trouvait dans la loge de la concierge sur le lit un peu fané. Encore quelque chose qui a disparu. Fini tout cela.

Aujourd'hui, un code dont tu oublies le numéro, porte glissante, porte fermée, le vide.

La loge et sa concierge sont parties en goguette ailleurs, bien loin, comme les habilleuses de cinéma, qui te faisaient des confitures, te gâtaient mieux qu'une maman. C'était la certitude d'être et d'être là, et bien là.

Tout me revient. La foire du Trône à la Nation et cours de Vincennes, les fêtes pour Pâques juste devant le lycée Hélène-Boucher, où je m'ennuyais bien. A la sortie du bagne, avec les copines, nous nous fondions dans la foule joyeuse et émerveillée.

Nogent et son petit vin blanc, la valse musette, les fritures dans les guinguettes à Champigny, les bals, le 8 Mai, fête de la Libération, dans toutes les rues de Paris, fête de la Victoire, et puis notre maison, la villa Godin, puis l'école de la rue des Pyrénées. Torsades d'accordéon, nos courses échevelées dans tous les cinémas du quartier avec maman, « la Severina », Palerma, le Zénith, devenu depuis le théâtre de la Colline, le « Gambetta ».

Voilà, ce jour-là, j'ai retrouvé tous mes émois et je n'ai pu m'empêcher de penser à l'horreur faite à Euro-Disneyland, où je ne mettrai jamais les pieds. J'y suis allée à Los Angeles, en 1961, et c'était merveilleux. D'abord parce qu'il y a toujours du soleil, et puis il y avait une modestie, du charme, de la poésie. Dites-moi, il ne vous est jamais venu à l'idée de faire pousser des choux-fleurs en Arizona ?

Patience, un long hiver grincheux, pluvieux, grêleux, aura sûrement raison de ce chantre hideux, malhonnête et surtout imbécile.

Octobre 1992. En courant.

Je ne suis pas de cette planète que je découvre tous les matins en ouvrant mes persiennes, par temps brumeux.

Je suis d'ailleurs, où il fait bon chaud au corps, où scintillent des yeux, malicieux.

Octobre 1992.

Les films sur le sida sont insoutenables. Car il n'y a pas de solution. Si la science n'a pas réussi, le cinéma ne peut rien faire non plus.

Je trouve cela morbide.

Ça me fait penser aux accidents de la route et aux gens qui s'arrêtent pour voir un être mourir. Comme la corrida.

Les films sur le cancer sont différents, j'en ai fait un, *Docteur Françoise Gailland,* parce que l'héroïne s'en était sortie. Et puis le cancer peut être guéri assez souvent. Pas toujours, hélas, mais il reste l'espoir, très grand, quand tu as décidé de te défendre, il peut exister une chance, un pari sur toi-même et ta maladie.

Beaucoup de personnes m'ont écrit après la sortie du film en me remerciant du réconfort que je leur avais donné.

Oui, montrer les injustices, la cruauté, le désespoir au cinéma — pour faire avancer les choses, pour aider à comprendre, pour être mieux, plus attentifs. Car ces maladies sournoises viennent parce que l'on est distrait, et on les laisse entrer.

Il faut refuser et fermer à cela, sa porte.

1992.

Le 4 octobre à Lille, Lens, Roubaix. *La Famille écarlate,* et Jean-Loup Dabadie.

Je sors de l'hôtel de la Paix, à Lille, pour rejoindre Roubaix. Ce soir, après la représentation, retour à Paris.

Il fait un beau soleil à la fenêtre de ma chambre. Tout à l'heure, j'ai été charmée par une petite terrasse toute fleurie, des dégringolades de géraniums.

J'aime cette vie itinérante de temps en temps. Je retrouve ma liberté, mon libre arbitre, mon bon vouloir. J'ai à chaque fois l'impression de faire l'école buissonnière. Ah, retrouver les saveurs premières, moutons de pré salé, légumes, primevères. Le premier jet. Les différences, les subtilités de l'aurore. Si pure, non polluée. Je suis bien, comme après un jour de jeûne, où tout s'aiguise, s'éparpille dans des couloirs secrets séduisants. Quel bain de jouvence !

Une immense envie de vivre, d'être meilleure, affable, sans tache.

Des sourires qui passent furtifs autour de moi, qui me resteront imprégnés tout l'hiver. Sourires ébahis, pantois, surpris.

Oui, la vie est belle, de ce point de vue. Elle est belle parce que nous sommes tous ensemble.

Représentation terminée, en voiture pour Paris. Je ne vais pas tarder à prendre ma vitesse de croisière. La route s'ouvre de nouveau. Tout se mélange. La scène, la route. Tout est présent, tactile. Même l'enfoui. Quelle fulgurance !

Je viens de comprendre après tout le monde, certes, mais quelle importance, la route défile, bien lisse, à l'heure.

Quand je suis dans un théâtre, sur scène, avec une salle attentive, un texte merveilleux, je me dis à ce moment-là que tout est possible. Il n'y a plus de guerres, maman est encore vivante, que j'ai encore tout à faire. Le réveil est quelquefois très dur.

Mais ce soir, l'envolée continue. Tiens bon, ma cocotte, ma jolie, ma lolotte. Merci maman. J'ai pu être aveugle, boiteuse, je retrouve mes ailes, mon gros chagrin, ma gourmandise, entre les parenthèses, mon chemin dans tes entrailles. Le sillon que tu m'as tracé, imprimé, maman. Superbe, humaine comme je t'aime. Je te donne, dans cet instant, ma vie, mon attention, mon écoute, et je comprends maintenant tout. Tu m'as donné l'envergure, la force de mes croyances, la force de survivre après toi. Tu es présente, aux aguets. C'est fort, merveilleux. C'est. C'est...

J'ai envie de pleurer tout contre toi. Tout contre toi. Ton cœur bat encore à toute volée. Caresse-moi, donne-moi la force de vivre sans toi.

Le couloir est plein de billevesées, mais tu es là dans l'embrasure. Ma vie. Contre la tienne. Ce n'est pas possible, ça ne fait rien, on fera comme si... comme disait le gosse au tuyau. Souviens-toi. La vulve, le pénis, tu saisis. La rigolade.

Dors mon p'tit quinquin,
mon p'tit boudin
mon gros rochin
t'auras du chagrin si tu n'dors pas jusqu'à d'main.

Octobre 1992.

Tombé du ciel.

Tombé du nid.

Tombé de mon lit.

Tombé de ma poche.

Une goutte d'eau sur mon nez, une larme sur ma joue, un grain de blé, un puceron, une bulle de savon, un cocon en capuchon, joli bonbon, tout rond.

Un grand frisson. Une explosion. Un abandon. Joli flocon tombe dans flacon en prison, ourson fripon. Où es-tu dans le jupon de tante Suzon ? A côté d'Alice et ses merveilles. Alice du pays du mouton, de la mousson, petit patapon, petitout, tout petit, mon fiston, blotti, tapi dans le gorgeon de mon giron.

Mon gnafron, mon trognon dans les tisons du mamelon, pendant toutes ces saisons.

Pâques aux tisons.

Noël au balcon.

La moisson, la venaison dans un ronron de chaton.

Glaçon dans ma maison sous le plafond, à travers l'émotion, dans le polochon, l'édredon.

Dans un courant d'air, tu as retrouvé tes ailes, et tu t'es posé tout à côté. Tout proche petit cordon sous capuchon dans le gorgeon de son giron. Plouf dans le polochon, à califourchon, dans l'édredon, sur son gros mamelon. Son gros téton, tu as trouvé, fenêtre ouverte, tu es revenu à pas menus, éclosion dans le plancton, à foison dans le polochon, manchon, édredon en rigodon, de téton en mamelon, petit flocon en capuchon, va, cours vers le gorgeon de son giron.

Petit cordon, bulle de savon, viens cours petit bonbon, petit trognon, petit gnafron, au fil des saisons, dans les délices du mamelon, mon petit garçon.

Peut-on retenir le volcan, empêcher le fleuve de s'évader vers la mer, la pluie de tomber, le bourgeon d'éclore, un enfant de rire ? Non, bien sûr.

On ne choisit pas d'avoir un enfant.

C'est lui qui nous choisit, programmé à un

moment bien précis. Déterminé, il suivra le cours de sa vie, de son destin, et cheminera vers sa route qui elle-même s'évanouira un jour et retournera dans l'éternité.

Que se passe-t-il ? Un étourdissement, un évanouissement peut-être. Je ne tiens plus debout, vidée de toutes parts. Je sombre. De l'air, un rai de lumière.

Et puis pleurer, pleurer de ce que la vie t'apporte. Si tu es à l'écoute de l'invisible, du non-reçu, une douceur qui m'envahit le cœur, une musique me guide, m'entraîne vers l'impossible, le défendu, le pas toucher. Et puis cette forge dans mon ventre qui m'entraîne, peut-être l'espace d'un souvenir, d'un sourire, la frayeur de la porte interdite. Je suis sûre d'avoir vu dans l'entrebâillement, le petit trou de la serrure, une lumière indéfinissable, une odeur de bon sens, en brasse coulée, en éventail, c'est là tout près. Je suis enveloppée de caresses, de bien-être, d'oubli, de sagesse.

Le soleil n'a plus la même couleur. Des yeux me sourient avec une douceur angevine céleste.

Enlevez-moi ! Bercez-moi jusqu'au seuil de l'éternité. Excusez-moi de cet état second passager, de cette absence irréelle.

Je reprendrai le fil de ma conversation un peu plus tard. Restez à l'écoute, je vous prie.

Aix-en-Provence, novembre 1992.

Nous déjeunons avec mes amis de la tournée *La Famille écarlate*. Un repas délicieux, et puis deux comédiens et l'administrateur, que j'aime beaucoup pour leur flamme sur scène et dans la vie.

Une très belle femme, âgée, cheveux gris, yeux bleus.

« Vous me reconnaissez ? Il y a presque cinquante ans que je ne vous ai vue dans les grottes du plateau de Mondeville, pendant le débarquement. Nous étions tous répartis dans diverses grottes, six mille personnes environ, et je me souviens de votre maman, obligée de mettre au monde ces petits nouveau-nés, par terre, entourée par trois ou quatre couvertures tendues par plusieurs mains, dont les vôtres, pour isoler, au milieu de cette misère, ce tout-petit, le protéger. Vous étiez bien petite mais vous étiez parmi les autres, bien petite jeunette. Je faisais partie de la Croix-Rouge et je venais apporter de la layette dont votre maman avait besoin pour vêtir l'enfant nu. Quel plaisir de vous voir ! Comment va votre maman ?... J'ai aujourd'hui quatre-vingt-douze ans. »

Maman, tu me fais une farce ?

Je viens de comprendre que je pouvais, que je me devais, d'aller plus loin dans ma confession faite il y a quelque temps déjà et que j'avais jetée sur le papier comme une nébuleuse, un rébus.

Il me manquait le courage.

Tu viens de me le donner.

Novembre 1992.

C'est bien difficile de venir au monde car on est si bien là-haut.

Suis-je attendu ? Espéré ? Aimé ?

Ne va-t-il pas être éjecté, par une fausse couche, un avortement, contaminé par quelque chose d'interdit ? Et il faudra retourner à la case départ.

Mais non, il est parti. Petite molécule, petit cordon qui deviendra grand. Les yeux encore clos, bleu d'azur, bouche gourmande, des oreilles, petit nez, un sourire à fleur de placenta. Le cœur battant à toute volée, des bras, des jambes qui se tendent. Juste un respir, un souffle d'air, puis de l'air plein les poumons, il arrive, il est là, tous nos bras tendus et dressés pour tenir la couverture, bien haut. Comme pour la prière nos regards vers le ciel, vers le pardon, l'indulgence, la lumière.

Mais trop de bruit des canons, des baïonnettes, des obus. Le sauve-qui-peut. Rien pour s'abriter.

Quel accueil, il faut filer dans la tranchée ou l'abri atomique !

Quelle réception ! La lampe à carbure soufflée par l'explosion.

Oui, maman, au moment de l'écriture j'ai baissé pavillon. Au risque d'être impolie, ou peur de ce que je voulais dire.

J'en ai simplement fait un fabliau, ou un rondeau.

Humblement, pour cracher après trente-cinq ans un péché impardonnable. Impardonné par moi d'abord pour avoir raté le portillon, ou l'écoutille, qui s'ouvrait devant moi. Pour avoir été loin de ma place, au numéro impair, de travers, en équilibre sur une patte qui n'était pas la bonne.

Pardon, petit flocon dans flacon, dans du liquide transparent, je ne sais quoi exactement, mort inutile et tellement vivant puisque tu es resté encore aujourd'hui comme l'idée fixe.

Comme un reproche à perte de vue. J'ai couru après toi toute ma vie personnelle, artistique.

Un remords omniprésent, lancinant.

Mais tu m'as pardonné, tu as fait marche arrière, tu m'as rejointe sur le quai, en attente, brisée de chagrin.

Et maintenant tu rigoles, tu as trois dents, tu

fais boubou avec ta bouche. Tu m'ouvres tes bras et ton bafouillis, ton rot et ton rotoplo.

Je baigne de lumière.

Petit flacon, petit cordon, petit cocon grandis, deviens immense après tant d'années. Il n'y a plus de temps à perdre — mais à rattraper, à bouffer, à s'empiffrer, goulûment, sensuellement.

Je te hume. Je t'aspire.

Merci ma fille... mère porteuse. Merci. L'ordre est rétabli.

La Paix est arrivée.

La béatitude, la halte sont là, près de ton berceau.

Dors, petit enfant.

Fais dodo câlin mon p'tit frère

Fais dodo, t'auras du lolo.

La démesure, la croyance, la folie quelque part. Voilà la vérité.

L'économie, l'épargne, quelle connerie, quelle platitude! Tremplin rigide qui ne rebondira jamais. Même avec un moteur atomique.

Dieu merci, je ne l'ai jamais employé dans ma vie. Et j'en suis non pas fière, mais bien contente, satisfaite.

Gardons tous les bras bien tendus vers le ciel, vers l'arrivée de l'angelot qui atterrira coûte que coûte, entre les gouttes de misère, d'horreur, de bombardements.

Et qui survivra car il est intouchable. Il vient de si loin, par-delà les océans, les montagnes, l'univers. Il se nichera dans le sein tout chaud d'une maman.

Il n'y a pas seulement les gouttes mais l'incompréhension, le bien-pensant, les règles, les équations, les pronostics de quoi ? bordel ! De la moralité, de l'ordre établi. Allez tous au diable.

Ce que je veux te dire, maman, dans le train venant de La Baule où j'ai pu quelques instants retrouver les senteurs de mon enfance, loi inéluctable, un besoin fou de voir la mer, j'ai besoin de son sel qui pique mes lèvres, de son éternité.

Toi femme sage-femme, qui a mis tant de petits êtres au monde. Oui, ton besoin de donner la vie à une multitude de petites virgules qui me disaient quelquefois « c'est votre maman qui m'a aidé à venir au monde ».

Cette fois, c'est moi qui accouche maintenant. En silence. En douleur. Tu as pris cet embryon blotti dans un petit flacon. Je l'avais aperçu il y a trente-cinq ans, et depuis j'ai souffert de ce manque. Toute ma vie.

Et le plus tragique, mais le plus splendide, c'est que je l'ai retrouvé tout vide, ce flacon, à la même place, quelques jours après ta mort, dans un tiroir secret de ta table de nuit, près de ton lit.

Ta magnificence me bouleverse en permanence.

Ta vérité, ton ressort fait que je pense peut-être à tort que du haut de ton éternité et de ta continuation tu me l'as rendu plein de fleurs, d'arômes, et réintégré dans mon ventre, mon souffle, et ma douleur encore brûlante. Et d'un coup de pichenette repêché dans l'épuisette, emmitouflé dans la houppette, dans la jolie couette de la maisonnette de ma fillette.

Je sais que je ne suis pas au bout de mes découvertes, car tu es splendide. Unique.

Tu sais, maman, un ami à qui je faisais part de mes aller et retour avec arrosoirs au Père-Lachaise, m'a dit une chose étrange : je te retrouve après bien des années et tu es intacte, avec quelque chose d'indéfinissable, un visage, un sourire, une certitude. Et je dis que toutes ces fleurs que tu arroses, eh bien c'est toi que tu arroses, et c'est toi qui pousses.

Maman, j'ai trouvé la sortie, l'échappatoire, une force de vivre après toi, de grandir, d'être mieux encore. Pour être encore plus encore.

M'épanouir d'amour infini et te retrouver très vite pour continuer, pour jouer avec toi au-delà des nuages.

Envie de ton rire. De ta déchirure.

9 décembre 1992. Colmar.

Maman, maman, maman, pourquoi ce besoin de t'appeler sans cesse.

Pour quémander, une halte, une réflexion, la béatitude, pour te parler, rigoler, me faire gronder, me dire que ça va, ou ce n'est pas grave, la vie est plus forte que cela, le bien-être, l'intelligence sont encore là.

Patience, ma jolie, ma lolotte, dors ma lolotte.

Caresse-moi les jambes, maman.

17 février 1993.

Rien ne se perd.

Tout se crée.

Ainsi va la vie.

Notre destin, notre finalité, quand c'est fini, ni-ni, ça recommence.

Chanson de la rue, de bastringue.

Toutes ces rues de ma vie !

Ces routes, au travers de la terre, tous ces sillages moutonneux, ces avions dans l'espace... tout cela pour retourner inévitablement vers le point de départ dont tu ne te débarrasseras jamais. Ce pourquoi tu es là. C'est comme ça et pas autrement, comme disait la fatalité déguisée en concierge, en marchande de quatre-saisons, en saule pleureur. Oui, vive la vie !

Qu'on en profite encore un peu.

Que l'on dégoise à tour de bras.

Que l'on s'éclate, comme on dit aujourd'hui. Pétons jusqu'à se pourfendre la panse.

Où est le problème ?

Mars 1993.

Il n'y a rien de plus bête qu'une page blanche, vous ne trouvez pas ? Comment l'incurver, la plier, la posséder, la rendre vivante ?...

Je commence à la chatouiller avec la plume d'oie...

Un cours d'eau...

Une strie plus profonde...

Je te modèle, je te caresse.

C'est très simple, tu vas voir : creusons dans la mousse... trouvons la faille, le tendron de ton cœur, glissons-nous sous la frondaison, je t'articule, je te volute, je te rebouche, je te crée. Sale bête, je ne peux plus vivre ni exister sans toi.

Créons les mamelons, les gorges de l'Aveyron, faisons jaillir les volcans, engouffrons-nous chez Neptune, dans son silence, sa nuit si bleue. Glissons vers le Nil, caressons les amphores de l'Antiquité. Flirtons avec les galions et leurs pépites d'or. Conversons avec les pirates.

Donnons de la sève aux arbres centenaires.

Plongeons dans les gouffres, les rivières souterraines, sous la glace polaire.

Tu commences à t'animer, à prendre des couleurs...

Valsons dans les tourbillons, jaillissons du cratère, survolons la planète et ses environs.

Posons-nous sur le bord du cahier. Tu vas bien ?

Allez, au travail.

Mars 1993

Apparemment, en surface je ne veux rien, mais je prends tout et le transforme... une molécule, un bouton de rose, un regard qui passe, hop dans la fouille.

Aux aguets en permanence, je suis le Raminagrobis de l'écriture, malléable, à vif, prête à jaillir au moindre mégot qui se consume.

Tout à l'heure sur l'autoroute Digne-Saint-Raphaël j'ai vu sur le bas-côté, heureusement pour lui, un petit chien tout fauve, courir à perdre haleine, à perdre vie, vers ceux qui l'avaient abandonné, c'était...

J'espère qu'il a bifurqué à travers champs, dans sa fuite, dans sa course, vers son amour perdu !...

J'écris pour meubler le temps qui passe, et lui donner une identité. Qui es-tu ? Que fais-tu ? D'où viens-tu ?

Pour trouver le millésime.

1er avril 1993

Paris la capitale, entrez m'sieurs dames.

Par ici la monnaie. Tout ce que je n'aime pas trop, touristes abrutis, muselés, suivez le guide.

Permettez, aujourd'hui, le guide c'est moi.

En quête éperdue d'un gîte, du coin du feu, de l'odeur de la braise et du bon chaud, je suis arrivée à Paris gare d'Austerlitz sortant du train de la guerre en Normandie et des colonnes de réfugiés sur les routes mitraillées, en charrettes, carrioles, jusque dans l'Indre. Sur le quai, mes grands-parents, qui nous offrent logis, boulevard de Vanves à Châtillon-sous-Bagneux.

Ma grand-mère couturière en face l'usine à obus où elle était ouvrière, puis 85 rue de Bagnolet, Paris XXe, la villa Godin et son petit jardin collé, contre les murs du Père-Lachaise — déjà lui.

Elle est devenue, ma vie trottant, mon axe vital,

ma charnière, mon point d'appui, de comparaison, le tremplin bondissant, galipette, chassé-croisé, de nouveau en première, roulement à villes, le goutte-à-goutte.

Puis porte de Bagnolet, 158, boulevard Davout.

Entrée au Centre dramatique de la rue Blanche. Et le Conservatoire. Pour logis, une chambre de bonne, 78, rue des Saints-Pères. Rose Rouge, Quartier Latin Theater. Chambre de bonne, plus huppée, avec la tour Eiffel à ma lucarne, 9, avenue du Président-Wilson.

Troisième chambre de bonne, cette fois extra, fini les escaliers de service, de la moquette jusqu'au sixième étage.

Rencontre avec l'inconnu, le non-savoir, mais le bon-vouloir, direct illico Montmartre, rue des Saules au Lapin Agile, devant le cimetière de la Butte. Utrillo, Carco, Marcel Aymé, Bruant, poésies que je chantais avec Nougaro et ses pantoufles.

Comédie-Française. Salle Richelieu, place du Palais-Royal, et l'Odéon, au jardin du Luxembourg.

Rue Molitor, Michel-Ange, studio pour deux mois prêté par une amie pendant le tournage de *Maigret tend un piège,* avec Jean Gabin.

Après, un studio dans le XIe, 97, rue de Charonne.

Eh bien oui, j'adore emménager, déménager, on ne se refait pas.

Mes premiers pas au cinéma.

Dans l'île Saint-Louis, un petit studio sous les toits, premier logis acheté avec mes petits sousous.

Quatre étages avec bel escalier, deux étages tortueux en colimaçon, un recoin douche cuisine. Je montais sur un tabouret et j'avais la vue sur Notre-Dame. Le rêve déjà à perte de vue.

Mes premiers ébats amoureux, la recherche, l'imprévu, poil au tutu.

Je quitte la Comédie-Française.

Voilà l'itinéraire parisien d'une partie de ma vie ! La visite est terminée !

Place des Vosges, terminus, tout le monde descend.

3 avril 1993.

« Comme je suis ravissante d'être à Paris », dit-il [1] en m'enlaçant.

Septembre 1960...

Nous sortons de chez Coconnas sur la plage des Vosges. Quel splendide animal toscan, une force magique qui transparaît dans ses yeux, son rire et surtout un bredouillement franco-latino incomparable.

Je me suis toujours bien gardée de corriger ses fautes, et j'ai encore dans le cœur des expressions, des accents, des phrases hachurées. Cocasses et irrésistibles. En tournant la scène de la mise à mort de Nadia, le couteau truqué m'avait blessée quelque peu ; il m'a regardée, tout étonné, désolé,

1. Renato Salvatore avec qui Annie a tourné *Rocco et ses frères,* mis en scène par Luchino Visconti.

et a repris son panache et dans une envolée magistrale, viscontienne, s'est écrié : « E per l'arte, madame. Si tu veux marier moi, voglio vivere ici avec toi su quella meravigliosa piazza della Vosgesse. »

Il m'est arrivé très souvent au cours de mon existence de pressentir quelque chose ou d'attendre un événement inattendu, de le flairer, prête à bondir dès qu'il pointera le bout de son nez.

C'est cela l'aventure. Tu dois faire abstraction de tout passé, toute attache, rester sur ton propre cordon, ce pourquoi tu es là et pas ailleurs.

Etre disponible immédiatement a quelque chose de divin, oui, être emportée par un destin auquel je ne m'attendais pas, et suivre ce chemin qui m'a été tracé, car il va quelque part, où je suis attendue.

Où ? Pourquoi, de quelle manière ?

Je ne le sais pas.

Mais je suis sûre qu'à l'aube de ma soixantième année je suis sur la bonne route.

Ne jamais suivre le troupeau de quelque façon que ce soit, se respecter, respecter les autres, simplifier, faire tout lisse, ne jamais heurter.

Je suis avide d'autres sensations, d'autres plaisirs, une sacrée joie d'être à côté, comme ma timidité d'être anonyme, libre, je me rends compte du temps perdu, de la violence permanente, malheureusement, je sens qu'il faut tout donner pour arrêter ce massacre universel.

Aider les tout-petits, leur apprendre ce qu'est la vraie vie. Les élever au-dessus des normes établies par un pouvoir terrien, les aider à trouver l'énergie nécessaire pour résister, dire non, se réveiller, se révolter pour défendre leur terre, leur patrimoine.

Ne pas se laisser empoisonner par tous ces ingrédients mortels, ces armes atomiques, à feu, mélangées au pétrole, à l'acide carbonique, les détergents, le profit, qui anéantissent tout avenir, toute possibilité de vivre, et détruire enfin ce germe immonde plus terrible encore que le sida.

5 avril 1993.

La place des Vosges était en 1960 inconnue au bataillon. Les chauffeurs de taxi, grognons, refusaient de suivre mon itinéraire.

A l'arrivée, tous s'écriaient : « Oh, qu'est-ce qu'elle fait là, celle-là ? » (la place).

De plus, elle n'était pas éclairée. Sous les arcades, à ma porte, un marchand de couleurs droguiste étalait ses cuisinières à gaz, balais et torchons en vrac.

Un peu plus loin, le plombier, le jardin abandonné et ses fontaines généreuses déversant leur cascade.

L'été, tous les hippies, couchant sur l'herbe, un peu enfumés je crois, étaient ramassés à l'aube, laissant les chaises éparses et beaucoup de désordre.

Le soir, je n'étais pas tranquille, devant quelquefois rentrer un peu tard. Et si je n'avais pas un ami pour m'accompagner, non seulement en bas de l'immeuble mais jusqu'à ma porte au troisième étage, je roulais en voiture jusqu'au moment où je sentais la menace et le danger s'éloigner.

La nuit, la maison était déserte.

Un dispensaire au premier étage, des bureaux au deuxième où il n'y avait âme qui vive. Au troisième étage à droite, une voisine solitaire; à gauche, moi et des voisins charmants, les Rossignol qui, munis d'un passe, filaient assez souvent dare-dare dans les toilettes communes situées dans les combles, sous le toit.

Il y avait aussi un remue-ménage étrange, il me semblait que l'escalier bougeait, que les meubles battaient la chamade.

J'ai souvent, et m'en suis excusée, appelé les pompiers qui grimpaient sur le toit avec leur lance. Il n'y avait personne évidemment. Ou chez Rossignol qui, hébété, encore dans le sommeil, me disait : « Non, je ne sais rien, je n'ai besoin de rien, pas de besoin pour l'instant, ce n'est pas encore l'heure, ou alors je n'ai pas entendu sonner le réveil. »

Ah, ces sacrés fantômes, qui n'existent pas seulement au cinéma, n'en faisaient qu'à leur tête!

Peu à peu je m'y suis habituée.

Une nuit, j'ai été réveillée par des rires, des

murmures confus. Imaginant qu'il pouvait s'agir de quelques fêtards éméchés, je me suis penchée à la fenêtre. Sur la place, tout était désert, dans la cour de même.

J'ai téléphoné le lendemain au propriétaire du Pavillon de la Reine, qui d'un ton sec m'a répondu qu'il n'avait donné aucune réception et que j'étais une malapprise, et brusquement m'a raccroché au nez.

Il avait raison. Ces rumeurs sortaient de la cheminée. J'imaginais alors dans un salon Louis XIII, des marquises, la reine faisant des incartades, son bon roi de mari en face dans son pavillon du roi lui rendant la pareille, les courtisans, le Masque de fer, les oubliettes, les chevaux piaffant dans l'écurie en bas dans la cour.

Robes de brocart, crinolines, perruques enrubannées, cabinet secret.

Que pouvaient-ils bien faire des heures durant, en société, dans ce salon ?

Je me suis toujours mortellement ennuyée à ce genre de soirée mondaine triée sur le volet.

J'espère pour eux que c'était beaucoup plus amusant.

Cette place des Vosges était un repaire de brigands, mais je suis certaine que quelques mousquetaires et leurs épées ronflantes m'ont protégée.

Première étape :

Visite du nid douillet de nos rêves.

Deuxième étape :

« Tu ne veux plus de ton appartement », me dit Francis Blanche rencontré à l'Elysée-Club après mon spectacle. Il est de nouveau en vente : les gens se bousculent pour le visiter.

Troisième étape :

Notaire. Signature et clefs en main.

Quatrième étape :

Architectes, décorateurs italiens appelés de toute urgence afin de commencer les travaux.

Cinquième étape :

Catastrophe : les ritals ont creusé les murs porteurs, ouvert une porte dans la cheminée. Un trou béant dans mon plancher et le plafond du voisin du deuxième étage tout déchiqueté. Je m'en souviens, ses poutres étaient peintes en bleu ciel avec des étoiles d'or.

Fermeture du chantier. Interdiction formelle de planter un clou ou de le retirer pendant un an... Oh, attendez, je réfléchis une seconde. Ce trou n'était pas là par hasard. Ils ont dû confondre mon plafond avec celui du voisin et croire que je possédais un triplex. Heureusement que les travaux ont été suspendus. J'imagine la stupeur du vieux voisin découvrant derrière la porte un escalier, à la place de ses paravents. Et moi, j'ai perdu la bonne occase, un triplex pour pas un rond.

De nouveau le soleil brille !

Grave décision en ce qui concerne le trou du futur escalier. La place est choisie : escalier nord-est.

Au retour de Los Angeles — où nous tournions un film — l'arrivée de Giulia était imminente.

Nous avons viré de bord : l'escalier est passé nord-ouest.

Le salon amputé d'une minuscule chambre et une belle salle de bains miniature.

Puis un petit couloir exigu pour isoler le salon des odeurs de cuisine.

Sortie dans un autre couloir menant sur le palier partagé avec les Rossignol, juste à notre droite, où il y avait souvent embouteillage en raison de leurs incessants aller et retour. J'avais envie quelquefois de leur dire : « Je vous en prie, entrez, tournez autour de l'escalier, traversez la chambre et c'est là. Cherchez et vous trouverez, la voisine de palier du troisième vient de mourir. »

J'ai demandé au propriétaire de me le louer, pour avoir un petit studio sur la cour et y installer Giulia et son carabinier de nurse.

De nouveau, lessivage, peinture, moquette, salle de bains avec W.C., placards et tutti quanti.

La vue sur la place était aux Rossignol — sans W.C. — allez comprendre !

J'ai commencé à chercher dans le quartier un appartement plus grand.

Miracle, le deuxième étage de bureaux est à vendre.

La tour de Babel, Versailles, de l'espace, vue sur le jardin, la rue de Béarn, et sur la cour, le luxe.

8 avril 1993.

Voulez-vous que je vous dise ? Eh bien, c'était le bonheur de ne pas compter, ni l'ingratitude, l'intérêt, je ne sais quoi encore de pas très joli, ce voyage dans ce lieu que j'ai désiré a dépassé mes espérances, une folie, malgré moi, de la part de tous ceux qui se croyaient chez eux, qui obtempéraient.

Maman dans ce tourbillon, hurlant qu'elle voulait être seule, tranquille ; pour elle j'ai transformé l'espace, un bureau, pris entre deux pièces, sa chambre était terrée, derrière la cuisine, tout là-bas, au loin, pardon maman, mais je n'étais plus apte à faire quoi que ce soit, les débardeurs, les profiteurs, les abrutis, les fous, passant tels des courants d'air par la cheminée pour me voir au saut du lit en robe pet — c'est-à-dire en petite tenue, les fesses à l'air pour me photographier, les plombiers, bien nombreux tout de même, un fou me persécutant avec un couteau en permanence, aussitôt après, maman, pendue au téléphone du commissariat, mandait illico presto — le commissaire est bon enfant — un agent qui courait à perdre haleine, mais n'a jamais réussi à le pincer, sauf une fois où il m'a avoué que ce jeune homme, après tout, était bien charmant.

Une bonne chose, elle y a récupéré un sifflet de gendarme, qu'elle utilisait en revenant de ses courses ; elle donnait dans la cour un coup ou deux de sifflet trombone à Juliette, qui était non pas sourde, mais distraite ou accaparée (on le comprend aisément dans tout ce remue-ménage) pour lui demander de l'aider à porter toute une dégoulinade de légumes, glaces, porte-crayons, acidulés, et j'en passe...

Les débardeurs, les pompiers, les admiratrices — ô combien — les plombiers, le téléphone multiple, intérieur, extérieur, privé, concassé, de haut en bas. Cet appartement si immense que j'avais voulu réunir sur trois étages (non pas chacun chez soi, mais tous ensemble c'est tellement mieux), cuisines en bas, en haut, de travers, les salles de bains évidemment, ont fait que j'en ai fait un superbe corridor, vaste et luxueux, en y rencontrant au hasard de mes fuites à tous les radiateurs, les télécommandes, la cuisinière :

— Ah madame, M. Faure (Rémo Forlani), l'ami de madame, a téléphoné.

Ou bien :

— M. François Premier a téléphoné.

C'était François Perier.

Cuisine principale, cuisinière espagnole, là-haut ; cuisine primesautière en bas.

Un jour, Juliette, à qui je demandais un petit café, m'a répondu, bouche bée, tout en interrogation-interrogative :

— Je vous le sers en haut ou en bas ?

Les films tournés place des Vosges, avec ou sans moi, guet-apens perpétuels, téléphone confisqué, changement de décor, escalier supprimé ou surmultiplié.

Dans un film de Cayatte, la production m'a demandé de prêter un de mes appartements à un acteur allemand. Ça les arrangeait bien sûr. Quand il est parti, j'ai eu en remerciement de très belles saucisses de Munich... en boîte !

Ça marque, tout ça.

Ou un autre, prenant l'appartement de ma fille, où il n'a jamais vécu, mais, à sa place, des formes vagues qui prenaient beaucoup de place — et tout cela pour pas un rond — et me toisaient du regard.

N'empêche, j'ai dû précipiter le mouvement et clamer l'aide de la population pour les éjecter, sinon ils y seraient encore.

Bien mal m'en a pris. Ce bel acteur m'a laissé en effigie ses élucubrations sur tous les murs — pensées pascalines et autres que j'ai eu bien du mal à effacer quand j'ai dû vendre cet appartement.

Mais faste tout de même, beauté, générosité, une fête en l'honneur de Louis de Funès, prince consort. Sa gentillesse, son humour son... bien de chez lui. Maman, radieuse, était, cette fois-là, heureuse de la cohabitation.

10 avril 1993.

En vue de mon prochain spectacle au Théâtre Montparnasse, *Marguerite et les Autres,* fin 1983, je suis allée, sur les recommandations d'un ami, chez un professeur de piano, qui n'avait pas son pareil pour placer la voix, élargir la tessiture et, je ne sais pourquoi, lui ai proposé de venir quelque temps dans un appartement que j'avais acheté, durant l'exode de la restauration de la place des Vosges.

Maman, elle, a préféré rester au deuxième étage, confinée dans son aquarium. Moi, à l'air libre, plus de portes, de fenêtres ni de toit, mais le loisir de converser avec les plombiers zingueurs qui cassaient la croûte joyeusement sous un immense plastique transparent, tendu afin de les protéger des intempéries. Ça coûte cher les vieilles pierres quand on n'est pas indemnisé !

Mes cours étaient gracieux. Très gentil de sa part, le prof' nébuleux et gêné s'excusant d'avoir pris ma place et, pour me dédommager, il m'a proposé de régler l'addition en beurre œufs fromages divers suivis de l'indispensable crème fraîche. Il avait un fils adoptif qui faisait la navette entre chez moi et Rungis où il était employé et volait l'équivalent de 20 000 F par jour de marchandises à la communauté fromagerie, crémerie et Cie. Chaque matin, il s'empressait avec deux acolytes de les déverser dans les frigos et les caves et invariablement sur mon paillasson. J'avais donc après chaque ritournelle mon cabas bien rempli que je virais cinq minutes plus tard dans la poubelle du coin.

Un jour, de bon matin, le panier à salade embarque les BOF. Benoît à la Santé, Onésime à Fleury-Mérogis et Fabien à Pétaouchnette, sont incarcérés.

Je suis réveillée en sursaut par mes voisins alarmés qui exigent l'évacuation immédiate de l'immeuble. Une odeur nauséabonde filtre sous la porte de la cave où tout avait été entreposé.

A l'aide du serrurier, je pénètre dans l'univers bovin, direct au frigo plein à ras bord. Armés de masques à gaz, les gens d'en face se passent à la chaîne les bidons de crème pour éteindre au plus vite cet arôme effroyable. Un prestidigitateur est mandé d'urgence pour dénicher les œufs de Pâques sous les cloches à fromage.

Vente aux enchères sur le pas de la porte. A

chacun sa ration de fromage. Du calme, il y en a pour tout le monde.

J'aurais dû, pour agir plus rapidement, engager des joueurs de volley-ball qui auraient rivalisé de dextérité en faisant rebondir ces infâmes marmelades pour les plaquer dans tous les filets à provision tendus à bout de bras, par des badauds abasourdis. Ou organiser un lancer de boules de neige. Hé, grand couillon, veux-tu du bon frometon, du reblochon ? Tiens, prends ça dans ton trognon.

Oh, je m'aime parfois. Où diable vais-je donc chercher tout ça ?

La chouette du premier, louchant d'amour éperdu pour le fringant fromager persifleur, porte plainte pour violation du domicile.

Le commissariat, en Estafette, récupère mon trousseau de clefs.

Janvier 1984, j'arrive au tribunal.

Au juge, j'ai déclaré avoir composé un quatuor d'après deux fables de Jean de La Fontaine, intitulé *Le corbeau et le renard, côté jardin, la cigale et la fourmi, côté cour,* que j'ai grand plaisir à vous interpréter aujourd'hui.

« Maître Roquefort — Sire œuf coque et l'agent double, crème fouettée solfège — sur un arbre perché, tenaient dans leurs becs un fromage. Mais bien mal vêtus se trouvèrent fort dépourvus, lorsque la bise fut venue.

« Vous chantiez, j'en suis fort aise, eh bien dansez maintenant. »

Après ma plaidoirie devant un auditoire hilare, un immense bonheur.

Oui, je ne suis pas encore tout à fait morte.

Oui, un jour le prince charmant viendra.

Avec cela, si je ne décroche pas le Goncourt qui n'a pas de prix, je rentre dans les ordres et je prends les voiles.

15 avril 1993.

Heureusement tout est encore là, le bonheur, la joie, l'intensité, la fraîcheur s'échappent quelquefois de mes fenêtres, closes par je ne sais quelle urgence, et me parviennent.

Lorsque je traverse le jardin de la place des Vosges, des rires tintent encore, les tiens, maman, ton coup de sifflet de flic, tant de bonheur, de rareté, me touchent encore le cœur, les murs sont imprégnés de nos odeurs, pour très longtemps encore et ont rejoint tous ces fantômes de Louis XIII qui me faisaient si peur, ces rires étouffés sortant de la cheminée, la vraie vie continue, cachée, elle respire encore, elle palpite, et je vois tous les jours mes fenêtres closes, immobiles oiseuses, et qu'il faut autre chose que l'argent pour acquérir le rare, l'inimitable, le divin, pauvres maisons défigurées, géométrées, n'ayez pas peur, j'en suis.

Attendez encore une minute

Je reviendrai. Les murs imprégnés de tant de douceur, d'apaisement, ne s'écrouleront pas devant le profit, l'inutile. Je suis là à côté, dans la rue. Je suis la concierge, je veille sur ta beauté, ta survivance, je balaie les escaliers, en douce.

A bientôt, maison, je t'ai connue déserte, abandonnée. Je t'ai redonné vivance, oxygène, génie, la rareté contre, à ce moment-là, la fuite et l'abandon de tous, les mêmes qui reviennent, mais leur mauvais goût est indécrottable, avides de jouissance mais pas la bonne, la vraie.

Du respect, s'il vous plaît. Regardez-vous, et essuyez-vous les pieds, le visage... et votre âme.

Le bel escalier, sortant de son nid, de mon ventre, pour être porté ailleurs, loin de tous ces palefreniers qui me l'avaient égorgé, fait par le dernier artisan menuisier, rue Stendhal dans le XXe, fuir tout cela, il n'est pas loin, à l'abri et il m'attend.

17 avril 1993.

Pour vivre heureux, vivons cachés.

Ce n'est pas cela, mais un peu cela tout de même, à l'abri des nuisances, des courants d'air perpétuels.

La maison...

Tout ce que l'on peut faire soi-même, recueillir, pouvoir utiliser ses mains, produire, inventer une idée, une projection, semer, récolter, pour la joliesse, pour le maintenant, transformer, donner du bien repassé, en ordre, sans précipitation, goûter, réfléchir, apprécier les belles choses qui passent malgré tout.

Pourquoi mon rêve de maison ?

Peut-être tous ces hôpitaux où maman exerçait. Des maisons sans queue ni tête.

Enfin une maison, « Le Nidus » à Bénouville, les Allemands, la terreur.

Puis une cité ouvrière, voisine de Caen, où nous avons vécu entre les bombes, pour finir dans des grottes pendant le débarquement. Notre fuite, vers ailleurs, au péril de notre vie, la maison à colombelles à Mondeville, détruite, avec un soldat allemand sur les décombres. Notre fuite à bicyclette, en charrettes, jusque dans l'Indre, à Pouligny-Saint-Pierre pour déjouer le danger sournois.

Pourquoi mon rêve de maison ?

Peut-être d'avoir ouvert mes yeux à quatre ans dans une maison étrangère, en quête de ma maman interne à Baudelocque où elle terminait ses études de sage-femme mais que j'ai retrouvée par un soleil d'été en Normandie dans sa splendide maternité.

Et là, je suis venue au monde, jaillie du tréfonds de ton ventre, éblouie par la beauté de tes yeux, de ton sourire, ton infini. Et j'ai fait mes premiers pas sur cette route que je gravis encore aujourd'hui, essoufflée, m'amenuisant mais grandissant afin de te rejoindre, plus loin, tout là-bas, vers ta lumière.

Annie

Un soir, comme ça.

« En moi, vous êtes en vous. Je suis.

L'amour de celui qui ne te connaît pas est plus fort que celui qui te connaît. La première, c'est ce que j'ai toujours voulu. Reste là. Tu y goûteras ton besoin de concrétiser dans la matière ; il t'est bénéfique. Tu sais, au fond de toi, depuis le début, que l'imagination dit à la mémoire muette. C'est comme cela. De l'autre côté, j'ai toujours un regard pour toi. Un amour constant qui au dernier moment te redonne l'impulsion et fait de toi un phénix qui renaît de ses cendres.

Résurrection.

Tu le vis en permanence. Entre au-dedans de toi-même et regarde non ce que tu étais, mais ce que tu es maintenant.

Ton besoin d'avoir un coin à toi, un temple pour y donner tes messes secrètes. Tu appelles ma mémoire pour qu'elle te guide.

Hélas, s'il nous est donné de vous voir, voir la

vie, je regrette de ne pouvoir te donner une ou l'influence directe. Tu as depuis deux ans périodiquement de mes nouvelles.

Tu as culpabilisé, tu t'es sentie coupable d'événements qui t'étaient extérieurs. Ces deux ans te font voir la réalité avec plus d'acuité. Tes textes seront quoique tu veuilles ta renaissance, l'identité profane, maternelle que tu revendiques. Non pour les autres, les spectateurs, mais pour toi-même. C'est un pied de nez que tu te dois de ne pas manquer.

Ne doute pas, je t'ai enseigné l'inverse.

L'oasis n'est verte que parce qu'il y a de l'eau. C'est le désert qui nourrit la beauté de l'oasis.

Des descentes aux enfers reprends ton envol, reprends deux lignes parallèles qui symbolisent tes deux destins.

Funeste et de lumière.

Sans désert, aurais-tu cette pureté aujourd'hui s'il n'y avait pas une source qui permet à chacun de boire ? Nanie, ta vie est une abnégation. L'autre est ton destin, ton enfer, ta renaissance et ton éternité.

A notre regard, que pouvais-tu faire d'autre en ce XXe siècle ? »

Les événements du Journal

1989

Février	Tournage de *Ruth* en Russie.
25 mai	Mort de Maman.
26 mai	Mariage de ma fille Giulia à l'île Maurice.
9 novembre	Chute du mur de Berlin.

1990

Août	Invasion du Koweït.

1991

15 janvier	Guerre du Golfe, bombardement de Bagdad.
Courant janvier	*Heldenplatz* au Théâtre de la Colline.
25 juin	Proclamation de l'indépendance de la Slovénie et début du conflit yougoslave.

3 juillet	Intervention de l'armée fédérale serbe en Slovénie (octobre : en Croatie).
19 août	Putsch manqué des conservateurs en Union soviétique.
9-10 décembre	Sommet européen de Maastricht.
25 décembre	« Démission » de Gorbatchev : le drapeau rouge ne flotte plus sur le Kremlin.

1992

16 mai	Naissance de mon petit-fils.
23 mai	Assassinat du juge Falcone à Palerme.
Juin	Tournage de *La Sensitive,* en Italie.
28 juin	Visite éclair de Mitterrand à Sarajevo.
Juillet	Barrages des routiers en France.
22 septembre	Catastrophe de Vaison-la-Romaine.

1993	Ma traversée de Paris, et les fantômes de la place des Vosges.

Achevé d'imprimer en mai 1993
sur presse CAMERON
dans les ateliers de B.C.A.
à Saint-Amand-Montrond (Cher)
pour le compte des éditions Robert Laffont
6, place Saint-Sulpice, 75279 Paris Cedex 06

N° d'édition : 34737. N° d'impression : 998-93/257.
Dépôt légal : mai 1993.

Imprimé en France